Claire McNab

Zum Abschuß frei

Claire McNab

Zum Abschuß frei

Offensive Krimi

Aus dem australischen Englisch
von Gerlinde Kowitzke

Frauenoffensive

1. Auflage, 2003
Originaltitel: Out of Sight

Metzstr. 14 c, 81667 München
www.verlag-frauenoffensive.de

ISBN 3-88104-364-0

Druck: Clausen & Bosse, Leck
Umschlaggestaltung: Erasmi & Stein, München

Dieses Buch ist gedruckt auf Papier aus chlorfrei gebleichtem Zellstoff.

Die Personen

Denise Cleever/Dana Wright	Geheimdienstagentin
Livia	ASIO-Kontrollperson
Norbert Cummins	Danas geisteskranker Bruder
Brit Talbertson	„Reiseleiterin“
Konrad Archer	Inhaber von TrekTrak Reisen
Evonne	Auszubildende
Patsy	Auszubildende
Cliff	Auszubildender
Fergus	Auszubildender
Mokhtar	Auszubildender
Rob	Auszubildender
Wade	Auszubildender
Joyce	Ausbilderin
Siobhan	Ausbilderin
Aaron	Ausbilder
Gary	Ausbilder
Vince	Ausbilder

1

Am Mittwoch verließ ich Australien als Denise Cleever, anonyme Staatsdienerin. Am Freitag kehrte ich zurück als Dana Wright, einzige noch lebende Tochter der berühmt-berüchtigten Edmund und Salvia Cummins-Wright.

Obwohl erst kurz nach sechs Uhr morgens, waren bereits etliche internationale Flieger auf dem Flughafen Sydney gelandet und spuckten lange Schlangen übermüdeter Reisende mit Bordgepäck, Pässen, Zollerklärungen und Duty free-Waren aus.

Als ich in meiner Schlange endlich vorn angekommen war, lächelte ich dem Kontrolleur hinter dem hohen Schalter zu und wünschte ihm angemessen freundlich guten Morgen. Er bedachte mich mit versiert-gelangweiltem Blick, doch als er meinen Paß aufschlug, wurde er plötzlich ganz aufmerksam. Am Foto konnte das gewiß nicht liegen, denn mein Ausdruck war bewußt leer gehalten. Und der Paß selbst war einwandfrei, schließlich hatte ihn die australische Behörde ausgestellt. Vielleicht sagte ihm mein angenommener Name etwas, wenngleich die Cummins-Wrights in Großbritannien viel bekannter waren als hier.

Mit der eckigen Zeigefingerkuppe, deren Nagel schwarzgerändert war, tippte er auf das Foto: „Sind Sie Dana Wright?"

„So steht es da."

Mein blasierter Ton kam bei ihm gar nicht gut an. Er runzelte die Stirn, was wohl auch an dem Typen, eindeutig ein Aussie, hinten in der Reihe liegen konnte, der rief: „Nun mal voran, Kumpel. Wir haben schließlich nicht den ganzen Tag Zeit."

„Treten Sie zur Seite", sagte mein Kontrolleur.

„Ist etwas nicht in Ordnung?"

„Hier rüber." Er deutete mit dem Kopf.

Jetzt erschien ein zweiter Mann, rotgesichtig und dienstbeflissen. Sie konferierten ausführlich. Ein ungeduldiges Murmeln hinter mir machte klar, daß meine Mitreisenden das gar nicht goutierten. Die hinter mir wartende kugelrunde Frau mit Baseballkappe und T-Shirt mit dem Aufdruck *Warning: I have an attitude and I know how to use it* kam diesem Aufdruck nach und fluchte in nasalem New Yorker Dialekt: „Scheiße! Wie lange lassen uns diese Ärsche denn noch hier stehen?" Sie funkelte mich an: „Wenn Sie keine gültigen Papiere haben, sollten Sie nicht fliegen." In selbstgerechter Mißbilligung zog sie die Mundwinkel herab und fügte hinzu: „Oder Drogen? Geht's etwa um Drogen?"

Ich grinste sie verschwörerisch an. „Tja, schwer zu sagen", antwortete ich. „Entweder das eine oder das andere."

„Hier entlang, bitte", sagte der zweite Beamte und bedeutete mir, ihm zu folgen. Er hielt meinen Paß und die Einreiseformulare in seiner fleischigen Hand. „Sie können Ihr Gepäck mitnehmen."

Gehorsam trabte ich hinter ihm her und merkte, daß eine dritte uniformierte Person uns folgte. Das alles war höchst irritierend. Die Sache war nämlich die, daß Dana Wright wie jede normale Australierin aus dem Ausland zurückkehren sollte. Abgesehen von zwei Besuchen hatte Dana ihrem Land zehn Jahre den Rücken gekehrt, aber aufgrund meiner Sprachbegabung und mit Hilfe eines Lehrers in Los Angeles, der mir ein paar Nachhilfestunden erteilt hatte, war ich ziemlich sicher, den britischen Akzent mit den verschluckten Endungen drauf zu haben.

Das Letzte, was ich wollte, war die Aufdeckung , daß ich undercover für den Geheimdienst ASIO – Australian Security Intelligence Organization – arbeitete, doch wenn ich dadurch einer Leibesvisitation entginge, würde mich das sehr verlocken.

Die beiden eskortierten mich den Korridor entlang, an geschlossenen Türen vorbei, unsere Schritte hallten auf den polierten grauen Fliesen. „Um was geht es eigentlich?" fragte ich höflich, aber wütend.

Der vierschrötige Mann vor mir hielt vor einer anonymen weißen Tür. „Hier hinein", antwortete er und drückte mir die Papiere in die Hand. Mit angedeutetem Lächeln öffnete er die Tür und winkte mich hinein. „Und schönen Tag noch, Ms. Wright."

Hinter mir schloß sich die Tür. Nur eine Person befand sich in dem kahlen kleinen Raum: meine ASIO-Kontrolle Livia. So hieß sie nicht wirklich, weil ihr Name sich mit jedem neuen Auftrag änderte. Ich hatte mir mal die Mühe gemacht, ihren richtigen Namen herauszukriegen: Cynthia – obwohl meines Erachtens etwas Ausgefalleneres wie Justine oder vielleicht Zaneta besser zu ihr gepaßt hätte.

Ich stellte mein Handgepäck ab – eine Übernachtungstasche und eine Schultertasche der teuersten Marke. Dana unterstützte zwar Gruppen, die gegen das Establishment arbeiteten, ihre Kleidung und Accessoires aber waren Extraklasse.

Schweigend starrten wir einander an, ich stehend, Livia am rechteckigen Tisch sitzend, ihre dünnen Arme auf der blankgeputzten Tischplatte gefaltet. Wie immer wirkte sie völlig gelassen, als sei es das Normalste von der Welt, mich aus der Schlange am Einreiseschalter herauswinken und meiner Kontrollperson vorführen zu lassen.

Ich sagte nichts und mein Gesichtsausdruck auch nicht. Es gehörte zu meinem Training, keine Reaktionen zu zeigen, wenn ich unerwarteterweise jemanden vom Geheimdienst traf, egal ob drinnen oder irgendwo draußen. Ich blickte mich im Zimmer um, dann wieder zu Livia.

„Setzen Sie sich, Dana", sagte sie, und ein Lächeln trat auf ihr ausdrucksstarkes Gesicht. „Dieser Raum ist sauber. Wir können offen reden."

Livia nannte mich Dana, seit ich vor sechs Wochen diesen Auftrag übernommen hatte, gleich nachdem die echte Dana Wright bei einer Bergtour in Schottland abgestürzt und ins Koma gefallen war. Jetzt war ich Dana Wright, Aktivistin und mutmaßliche Terroristin, vierundzwanzig Stunden am Tag.

Ich nahm einen Stuhl und setzte mich. „Ich hatte mich gerade auf eine demütigende Leibesvisitation gefaßt gemacht." Da kam mir der Gedanke, daß vielleicht Livia eine solche durchführen könnte, und diese Erfahrung wäre womöglich... pikant.

Sie war mir ein Rätsel, und das Geheimnisvolle war stets eine Herausforderung für mich. Ihre Haare standen vom Kopf ab, sie war knochig und doch graziös. Und älter, als sie aussah, glaubte ich. Natürlich war eine Verschwesterung mit meiner Kontrollperson strikt verboten, aber ich hielt mich nicht unbedingt an Regeln –

„Es ist etwas passiert."

„Was Schlimmes?" Livia wäre nicht hier, wenn es nichts Ernstes wäre. „Wir werden es doch nicht abblasen?"

„Norbert Cummins ist geflüchtet."

Ich starrte sie an. „Danas Bruder. Aber ist er nicht –"

„In einer Anstalt für geisteskranke Straftäter?" Livia spreizte ihre Finger. „Das *war* er. Ist er aber offensichtlich nicht mehr."

Das war nun nicht so katastrophal, wie ich befürchtet hatte. Nachdem er wegen Mordes an seinen Eltern und einer Schwester verurteilt worden war, hatte man Norbert in England weggesperrt. Man hielt ihn für nicht zurechnungsfähig und wies ihn lebenslang in die Anstalt ein. Jetzt war er also flüchtig, jede Zeitung brächte sein Foto, deshalb hielt ich die Chancen, daß er es bis nach Australien schaffte, für eher unwahrscheinlich.

„Wie ist er rausgekommen?"

„Wie jeder intelligente Psychopath hat er sich als ziemlich geheilt präsentiert. Er hat einen neuen jungen Psychiater eingewickelt und ihm weisgemacht, daß er keine Bedrohung mehr darstelle. Bei der erstbesten Gelegenheit hat er dem Typ eins übergebraten, und zwar mit solcher Gewalt, daß er einen unheilbaren Hirnschaden erlitten hat. Dann hat er dessen Kleidung angezogen und ist als Arzt aus der Tür marschiert. Es lief wie geschmiert. Schließlich ist er lange genug dort gewesen, um zu wissen, was es mit Routine und Kontrolle auf sich hat. Dann ist er im Jaguar des Psychiaters davongebraust."

Livia machte ein düsteres Gesicht. Ich verwarf den Gedanken, den Auftrag aufzustecken, hatte ich doch viel Zeit und Mühe darauf verwandt, Dana Wright zu werden. „Hey", sagte ich, „Norbert ist einen halben Erdball entfernt. Bis nach Australien schafft er es bestimmt nicht. Ich schätze, sie werden ihn schon bald schnappen."

Da Livia nicht überzeugt wirkte, fügte ich hinzu: „Und mitten im Nichts bin ich ohnehin sicher. Außerdem, wieso glauben Sie eigentlich, daß er es auf seine Schwester abgesehen hat?"

Livia legte den Kopf schief und schürzte die Lippen. „Zu seiner Therapie gehörte, daß er Tagebuch führte. Der letzte Eintrag lautete: Drei erledigt, eine fehlt noch. Nämlich Dana."

2

„Warum sollte Norbert seiner Schwester etwas antun wollen?" fragte ich. „Schließlich hat sie für seine Verteidigung ein Vermögen bezahlt."

„Nicht etwas antun – seine Schwester töten. Und er braucht keinen nachvollziehbaren Grund. Ebensogut können Sie fragen, warum er seine übrige Familie hingemetzelt hat."

Darauf hatte ich keine Antwort, deshalb sagte ich: „Jedenfalls bin ich nicht in Gefahr. Norbert hat alle gegen sich. Sein Konterfei wird auf jeder britischen Zeitung prangen, deshalb wird er bald geschnappt. Er hat auch keine Kontakte, um herauszufinden, wo seine Schwester möglicherweise steckt, und selbst wenn, hat er nicht die geringste Chance, aus England herauszukommen."

„Norbert Cummins ist ein Soziopath", sagte Livia, als ob das alles erklärte.

Genau an solchen Punkten wäre ich gern in der Lage, cool und ironisch eine Augenbraue hochzuziehen. Da ich diese Kunst noch nicht beherrschte, zuckte ich gekonnt die Achseln. „Na und?"

„Er wird alles aufbieten, um zu kriegen, was er will. Er empfindet keine Angst, so wie Sie und ich, aber er kann sich durchaus wie ein normaler Mensch benehmen. Sie haben die Familiengeschichte ja studiert – er hat seit langem Praxis darin, andere Leute zu manipulieren, damit er kriegt, was er will. Er kann den charmantesten, nettesten Mann spielen, den Sie je gesehen haben."

Livia nahm alles viel zu ernst, fand ich. „Also ist er ein klassischer Psycho", sagte ich lässig. „Sie sagen mir da nichts Neues."

Sie seufzte ungeduldig. „Sie wissen, wozu er fähig ist – Sie haben die Fotos vom Tatort gesehen, Denise."

„Sie meinen Dana", sagte ich. Daß sie sich gerade vertan hatte, bewies mir, daß sie ehrlich besorgt war. Solche Fehler unterliefen Livia sonst nicht. „Ich werde sehr vorsichtig sein. Ein Hinweis, daß er mir auf den Fersen ist, und ich bin weg. Okay?"

„Ach wirklich? Mitten in der Wildnis der Kimberleys?“ fragte Livia ätzend. „Da machen Sie sich so einfach und allein auf die Socken, ja?“

Ihren sarkastischen Ton hatte ich wohlverdient. In den Kimberleys im Nordwesten Australiens gab es Gegenden, die so wild und abgelegen waren, daß sie tausend Menschen verschlucken konnten, ohne zu rülpsen.

„Sehen Sie“, lenkte ich ein, „erstens wird Norbert es nicht bis zu den Kimberleys schaffen, falls aber doch, wie sollte er mich dort finden? Zum Teufel, nicht mal ASIO weiß genau, wo dieses Ausbildungslager der Terroristen ist, wie dann Norbert Cummins?“

Livia trommelte mit den Fingern auf den Tisch. Dann hielt sie inne und nickte entschieden. „Nun gut, machen wir also weiter nach Plan.“ Sie griff in ihre Aktentasche und zog eine Mappe heraus. „Hier sind ein paar Fotos jüngeren Datums. Er wird zwar mit Sicherheit sein Aussehen verändern, aber so sah er aus, als er geflohen ist.“

Norbert Cummins sah gut aus – nein, er war ein schöner Mann, total maskulin, markante Kiefer, sehr blaue Augen. Auf zwei Fotos, die Livia mir reichte, lächelte er, wodurch er aussah wie ein schelmischer kleiner Junge, die Augen mit den Lachfältchen bezauberten, die regelmäßigen weißen Zähne blitzten.

In der Cummins-Wright-Akte, die ich studiert hatte, befanden sich etliche Fotos, und sogar auf den nach Norberts Verhaftung geschossenen Verbrecherbildern hatte er erstaunlich gut ausgesehen, auch wenn sein Ausdruck leer war – da hatte er zum erstenmal nicht versucht, jemanden zu bezirzen.

Weil ich wußte, daß die entfernte Möglichkeit bestand, diesem Mann zu begegnen, betrachtete ich seine Ohren, die klein waren, eng anliegend, und fast keine Ohrläppchen hatten. Ein Mensch, der sein Aussehen manipulierte, konnte viele Gesichtszüge verändern, aber die Ohren blieben meist, wie sie waren. Ich meine, wer schaut schon auf Ohren? Und außerdem ließen sie sich nur schwer auf überzeugende Weise verändern – es sei denn bei Mr. Spock.

Ich schob ihr die Fotos zurück. „Okay."

„Möchten Sie noch mal die Akte einsehen?"

Ich schüttelte den Kopf. „Ich kenne sie praktisch auswendig."

Da übertrieb ich nicht. Um in meiner Rolle als Dana Wright zu überzeugen, mußte ich die Geschichte der Cummins-Wrights kennen wie ein Mitglied der Familie. Es durfte keine Möglichkeit geben, mich in Details hinsichtlich der Eltern und Verwandten oder des eigenen Lebens zu verraten.

Es wäre verrückt, wenn ich all mein Wissen niemals anbringen könnte, aber die Familiengeschichte war auch so interessant. Als Edmund Wright vor fünfunddreißig Jahren Salvia Cummins heiratete, war das für die beiden stolzen Nonkonformisten ein ziemlich konventioneller Schritt. Edmund war in England geboren, als einziges Kind eines Tory-Abgeordneten, der entfernt mit der königlichen Familie verwandt war.

Als Edmund Wright in den Zwanzigern war, empfand sein Vater die linken Neigungen seines Sohnes als äußerst peinlich, so daß er ihn nach Australien verschiffte, wo er weniger Schaden anrichten konnte. In Sydney etablierte er sich als Herausgeber und Eigentümer einer radikalen Zeitschrift namens Duplicity, deren Titelzeile lautete: *Wir enthüllen die Lügen, die man Ihnen erzählt. Die Wahrheit, die man vor Ihnen verbirgt.*

Salvia Cummins war Amerikanerin, ein schwarzes Schaf in einer Familie von weißen, die alle danach strebten, dem Familienbetrieb, einer Manufaktur, zum Erfolg zu verhelfen. Nach einer tumultreichen Zeit auf der Universität schloß sich

Salvia einer internationalen Protestgruppe an, reiste von Land zu Land und demonstrierte gegen die Multikonzerne und deren Einfluß auf die lokale Politik.

Edmund und Salvia lernten sich in Sydney kennen, es war eine Verbindung wie im Himmel erschaffen – hätten sie denn zugegeben, daß ein solcher existierte. Ihre männlichen Kinder bekamen den Namen Cummins, die weiblichen hießen Wright. Im Lauf der Zeit bekamen sie vier Kinder: Elliott Cummins, der im Kindesalter starb, Philippa Wright, Norbert Cummins, Dana Wright.

Als Dana Mitte zwanzig war, starb Edmunds Vater, inzwischen verwitwet, und hinterließ seinem Sohn ein beträchtliches Erbe. Die Familie zog nach England in das Wrightsche Haus, ein großes – den Fotos nach äußerst häßliches – Landhaus in Sussex.

Ihrer Gesinnung entsprechend unterstützten Edmund und Salvia radikale Gruppen und finanzierten Ziele, die ihnen eine Herzensangelegenheit waren, sie beherbergten durchreisende Fanatiker, übernahmen Anwalts- und Gerichtskosten, wenn Leute wegen extremistischer Taten verhaftet wurden, und beteiligten sich auch selbst an Demonstrationen und Protestmärschen. Philippa und Dana Wright folgten dem Beispiel ihrer Eltern und wurden ideologisch noch radikaler, falls das denn überhaupt möglich war. Philippa wurde Rechtsanwältin und spezialisierte sich auf politische Fälle, Dana machte ihren Abschluß als Kommunikationswissenschaftlerin. Philippa hatte Liebesbeziehungen; Dana widmete sich ausschließlich ihrer Sache.

Es wäre eine glückliche Anarchofamilie gewesen, hätte es Norbert Cummins nicht gegeben. Er hatte sichtlich nicht die Absicht, sich seinen Lebensunterhalt zu erarbeiten, und da sein vollendeter Charme so vorteilhaft für ihn zu Buche schlug, gab er sich dem Müßiggang hin, den er schon in jungen Jahren in Sydney zur hohen Kunst erhoben hatte. Ohne jedes Gewissen oder ethische Werte log und betrog Norbert und täuschte alle Menschen, mit denen er in Kontakt kam. Am liebsten bezirzte er Damen mittleren Alters, die er ausnehmen konnte, und verführte junge Frauen, die unseligerweise seinem Charme erlagen. Auch neigte er zu extremer Gewalt, und nur durch die Intervention seiner Eltern, plus saftiger finanzieller Entschädigungen seiner Opfer, blieben ihm Gerichtsprozesse und Haftstrafen erspart.

Die Ereignisse, die schließlich zum Tod von Edmund, Salvia und Philippa führten, begannen mit erbitterten Streitigkeiten mit seinen Eltern. Die ärgerten sich nicht nur darüber, daß es ihrem Sohn an der richtigen radikalen Gesinnung gebrach, sondern daß er inzwischen dazu tendierte, sich in aller Öffentlichkeit über die Aktivitäten seiner Eltern zu mokieren. Also nahmen sie ihn ins Gebet. Doch Norbert zeigte keinerlei Einsicht und steigerte die Ausfälle gegen seine Eltern, bis er Edmund zu dem Punkt getrieben hatte, seinem Sohn die beträchtliche Apanage zu streichen und ihn vor die Tür zu setzen.

Im Gerichtsprozeß schilderte die Haushälterin Norberts gruselige Reaktion: „Er stand nur da und starrte seine Eltern an, mit eiskaltem Blick, ohne ein Wort zu sagen. Dann lächelte er ein wenig, nickte ihnen zu und sagte ganz sanft: ‚Ich komme wieder, und dann kriege ich euch alle. Verlaßt euch drauf.'“

Zwei Tage später in einer milden Sommernacht brach Norbert ins Haus ein, eine Axt in der Hand. In einem Blutrausch, den die Tatortfotos in allen ekelhaften Einzelheiten festgehalten hatten, schlachtete er mit grauenhafter Brutalität Mutter, Vater und Schwester Philippa ab. Ironischerweise rettete die CIA Dana, die dem Gemetzel entkam, weil sie nach London gefahren war zu einer nächtlichen Demonstration vor dem Savoy Hotel, wo der Chef der CIA abgestiegen war, um an einer internationalen Sicherheitstagung teilzunehmen.

Für die Medien war der Gerichtsprozeß das gefundene Fressen, denn Norbert Cummins war ein schöner, charmanter Angeklagter – der seinen eigenen Fanclub hatte, dämliche Weiber, die jeden Tag zur Verhandlung kamen –, die Opfer waren berühmt-berüchtigte Linksradikale, und die Morde waren außerordentlich blutig.

Es fanden sich nicht nur am Tatort überwältigende Beweise, daß Norbert die Metzelei begangen hatte, er wurde auch in der Nähe gefaßt, mit blutgetränkten Kleidern. Dana Wright, die nun über den gesamten Familienbesitz verfügte, engagierte die beste Verteidigung, die es für Geld zu kaufen gab. Norbert bekam den Rat, auf nichtschuldig wegen Unzurechnungsfähigheit zu plädieren. Psychologen erklärten, er sei zur Zeit der Tat voll bei Sinnen gewesen, Gegengutachter der Verteidigung bestritten vehement, daß der Angeklagte zurechnungsfähig gewesen sei.

Wäre ich unter den Geschworenen gewesen, hätte ich mich vermutlich dieser Ansicht angeschlossen. Wenn man dieses schöne, feine Gesicht mit dem bezaubernden Lächeln sah und dann die Fotos, die die fast unvorstellbare Grausamkeit zeigten, mit der er Eltern und Schwester abgeschlachtet hatte, schien Wahnsinn die einzige Erklärung zu sein.

Ich dachte an den vor mir liegenden Auftrag. Norbert hatte die Unzurechnungsfähigkeit als Entschuldigung – die Leute, mit denen ich demnächst trainierte, hatten keine solche Entlastung. Sie waren scharf darauf zu lernen, wie man andere Menschen auf möglichst effiziente Weise umbringt – Fremde, die man als „der Feind“ kategorisierte.

Diese Gewalttaten würden damit gerechtfertigt, daß sie ideologisch, philosophisch oder politisch motiviert waren. Attentate, Zerstörung der Wasser- oder Stromversorgung, Verseuchung oder Tod von Tausenden, vielleicht Hunderttausenden – all das aufgrund eines Credos, einer Doktrin, einer Idee.

Und diese Leute hielt man für bei Sinnen und Norbert für verrückt?

Natürlich *war* Norbert verrückt, böse und äußerst gefährlich, rief ich mir ins Gedächtnis. Dennoch – der Radius seines Verbrechens war zumindest bis zu einem gewissen Grad begreiflich, verständlich. Terrorismus in den Wohnvierteln gegen unschuldige Zielgruppen war eine andere Sache. Wie lautete die Bezeichnung, die ich erst gestern abend in einem Fernsehfilm über ein Gerichtsdrama gehört hatte? *Verworfene Gleichgültigkeit gegenüber dem Leben.* Das traf es ziemlich gut.

3

Sechs Wochen Vorbereitung auf diesen Auftrag waren zu kurz. Das hatte mein Ausbilder laut verkündet; Livia, da war ich sicher, dachte das gleiche. Hinzu kam die Tatsache, daß es kaum geheimdienstliche Erkenntnisse über die Hauptbeteiligten der Untergrundgruppe Edification gab, die ich infiltrieren sollte, und nur zwei der Personen, die mit mir im Trainingscamp ausgebildet werden sollten, tatsächlich identifiziert worden waren. Das Camp, Kennzeichen E, befand sich in einer wilden, entlegenen Gegend Australiens, wo ich fernab jeder Hilfe war, sollte ich diese benötigen, und jetzt kam auch noch die Möglichkeit hinzu, daß mich ein mordlustiger Bruder verfolgte.

Ich merkte, daß Livia mich stirnrunzelnd ansah. Sie hatte sich auf ihrem Bürostuhl seitwärts gedreht, die Füße hochgezogen und die Arme um die Knie geschlungen. Diese Pose hätte komisch anmuten können, doch bei Livia wirkte sie völlig normal.

„Sind Sie sicher, daß Sie weitermachen wollen? Sie können aussteigen, kein Problem. Es ist schon gefährlich genug ohne zusätzliche Komplikationen."

„Ich steige nicht aus", sagte ich und bedachte sie mit meinem strahlendsten Lächeln, um zu verbergen, daß ich gerade den flüchtigen Gedanken hatte, daß ich eigentlich genau das wollte. „Ich hab' doch nicht die viele Zeit darauf verschwendet, diese verdammte Frau zu werden, um in letzter Minute alles über den Haufen zu werfen."

Schweigend saßen wir eine Weile da, die mir sehr lang vorkam. Ich konnte meine mutigen Worte nachhallen hören und fragte mich, ob Livia glaubte, ich hätte das aus Tapferkeit oder Überzeugung gesagt. Schließlich unterbrach ich das Schweigen. „Und Sie müssen zugeben, daß wir eine derartige Gelegenheit nicht noch einmal bekommen werden. Ich werde im Bauch der Organisation sein." Ich warf die Hände hoch. „Bum! Wir können sie von innen hochgehen lassen."

Livias Mundwinkel zuckten. „Prächtig", sagte sie. „Und wenn Sie auf Norbert stoßen?"

„Dann ziehe ich ihn halt aus dem Verkehr", antwortete ich im Scherz.

„Ja, tun Sie das." Ihr Ton war geschäftsmäßig.

„Wollen Sie damit sagen, ich soll ihn umbringen?" Das war bei ASIO eher unüblich, außer eine eindeutige Lebensbedrohung rechtfertigte den tödlichen Gegenschlag.

„Dieser Kerl wird Ihnen keine zweite Chance geben. Also keine Nettigkeiten – und denken Sie daran, mit seinem Charme wickelt er alle ein."

„Ich bin charmeresistent", erklärte ich, auch wenn das nicht so ganz stimmte, denn im Moment fand ich Livias Sorge um mich äußerst charmant.

„Vielleicht machen wir uns ja ganz umsonst Sorgen", sagte Livia. „Seine Schwester hatte seit dem Prozeß keinen

Kontakt zu ihm, somit wird es ihm schwerfallen, herauszufinden, wo sie steckt."

Dana war zwar jeden Tag im Gerichtssaal erschienen, hatte Norbert aber weder in der Untersuchungshaft besucht noch nach der Verurteilung. Nachdem sie das große Haus in Sussex verkauft hatte, war sie nach London in eine kleine Wohnung gezogen, von wo aus sie die Familientradition fortsetzte und linke Ziele unterstützte. Ihr Haß auf das Establishment war stärker denn je, sie sagte ihren Mitstreitern, daß sie vorhätte, sich an vorderster Front zu engagieren.

Natürlich interessierte sich der britische Geheimdienst für Dana Wright, vor allem weil sie eine erbitterte Gegnerin der Erbmonarchie war und die königliche Familie in einem Anflug von Milde als einen „Haufen von fetten, ekligen Parasiten, die dem Volk das Blut aussaugen" bezeichnete.

Beim Abhören ihres Telefons fand man heraus, daß sie den Gedanken verfolgte, nach Australien zurückzukehren, und aus diesem Grund zu verschiedenen radikalen Organisationen in Sydney und Melbourne Kontakte knüpfte. Das wiederum weckte ASIOs Interesse, vor allem nachdem man eine Reihe verschlüsselter Nachrichten zwischen Dana und einer Untergrundgruppe in Sydney dechiffrierte, die sich mit überraschendem Sinn für Humor Edification, Erbauung, nannte.

Wie sich zeigte, baute Edification Ausbildungslager für Terroristen nach dem Muster der sehr effektiven Jihad-Camps in Afghanistan auf, in denen islamistische Extremisten darauf gedrillt wurden, blutige Angriffe auf westliche Ziele durchzuführen.

Edification hatte zwar das Konzept übernommen, aber nicht mit vergleichbarer Ausschließlichkeit, es gab für die Teilnahme an der Ausbildung lediglich zwei Bedingungen: erstens der Nachweis eines extremistischen Lebenslaufs und Beweise radikaler Gesinnung und Aktionen; zweitens eine beträchtliche Summe in amerikanischen Dollars.

Mit beiden Bedingungen hatte Dana Wright keine Probleme, sie wurde für das nächste Training in Camp E, irgendwo in den Kimberleys im Nordwesten Australiens, angenommen.

Jeder Versuch von ASIO, Edification zu unterwandern, war fehlgeschlagen, man hatte nur zweit- oder drittklassige Hinweise auf die Aktivitäten der Organisation und keine Kenntnis der genauen Lage des Trainingscamps. Die Gruppe blieb undefinierbar, dennoch war sie eine sehr reale Bedrohung der Sicherheit Australiens, weshalb Dana Wrights Engagement in den Mittelpunkt des Interesses geriet.

Kurz nachdem Dana ihre Teilnahme bestätigt bekam, traf sie eine schicksalhafte Entscheidung. Sie war scharf auf extreme physische Herausforderungen, wie ich zu meinem Leidwesen erfuhr, und sechs Wochen vor Trainingsbeginn in Camp E brach sie spontan zu einer Solo-Klettertour nach Schottland auf.

Als sie bei dem Versuch, einen gefährlichen Grat zu überwinden, abstürzte und sich schwere Kopfverletzungen zuzog, wurde sie vom Geheimdienst beschattet. Die britischen Agenten, die ihr auf den Fersen waren, nahmen die Gelegenheit wahr, brachten die bewußtlose Dana mit falschen Papieren in die nächste Notaufnahme und arrangierten von dort unter demselben falschen Namen die Überführung in eine teure Privatklinik.

Niemand suchte nach ihr. Seit den Morden war sie eine Einzelgängerin geworden, oft war sie wochenlang in Übersee. Unter ihren Mitstreitern verbreitete man diskret das Gerücht, sie sei in geheimer Mission unterwegs.

Ihre Wohnung wurde heimlich durchsucht, und was immer nützlich sein konnte, um eine Doppelgängerin zu installieren, wurde mitgenommen und kopiert. Nach einem regen Informationsaustausch zwischen dem britischen und australischen Geheimdienst sagte man mir, ich sei auserwählt, Dana Wright zu werden. Ich war etwas größer, aber wir hatten ungefähr das gleiche Gewicht und die Statur, waren beide blond und fast im gleichen Alter. Dana hatte blaue Augen, während meine eher ins Braune gingen, da ich aber Kontaktlinsen trug, brauchte ich nur blaugefärbte zu nehmen.

Zum Glück hatte Dana es aufgrund ihrer aktivistischen Familie stets vermieden, sich von der Presse fotografieren oder im Fernsehen interviewen zu lassen, die einzigen Fotos von ihr, abgesehen von denen in den Familienalben, waren offizielle auf Dokumenten wie Paß und Führerschein, und die befanden sich bei uns.

Obwohl die Presse sie an jedem Prozeßtag ihres Bruders bestürmte, war sie immer mit Sonnenbrille und Kopftuch erschienen. Sie war zwar die Zeugin der Anklage, aber da es in britischen Gerichten den Medien verboten war, während der Verhandlung zu fotografieren oder zu filmen, existierte von Dana Wright nur die Zeichnung eines Pressezeichners.

Während Dana Wright unter falschem Namen im Koma lag, machte ich einen Dana-Wright-Intensivkurs. Dazu gehörte, daß ich den familiären Hintergrund studierte, mir ihre persönlichen Gewohnheiten und Eigenarten aneignete, mich mit Geographie und Straßennamen vertraut machte, die sie vermutlich kannte, alle Details offenbar Tausender radikaler Gruppen, mit denen sie in Kontakt gekommen war, auswendig lernte und sogar superfit wurde, weil Dana sich gern total verausgabte – die Frau lief Marathon, o Erbarmen!

Livia sah auf ihre Uhr, entfaltete sich behende auf ihrem Stuhl und stand auf. „Dann mal los. Ich werde jemanden schicken, Sie abzuholen." Sie biß sich auf die Lippe, dann sagte sie: „Denise, seien Sie vorsichtig." Diesmal nannte sie mich absichtlich bei meinem richtigen Namen.

Vorsichtig sein stand ganz oben auf meiner Liste. Zum erstenmal in meiner Undercoverlaufbahn war ich ohne jeden Rückhalt. Würde ich mitten im Nichts in Schwierigkeiten geraten, müßte ich selbst sehen, wie ich da herauskam. Wir wußten beide, daß man mich exekutieren würde, wenn man hinter meine wahre Identität käme.

„Noch eins", sagte ich, „sollte ich wissen, daß mein Bruder getürmt ist?"

„Es ist erst vor wenigen Stunden passiert, und die englischen Medien haben gerade erst Wind davon bekommen. Die Nachrichtenagenturen werden es international durchgeben, aber im Moment könnten Sie es nur wissen, wenn Freunde aus London Sie angerufen haben oder Ihnen ein Journalist auf den Fersen sitzt. Möchten Sie, daß ich irgendwas einfädele?"

Ich schüttelte den Kopf. „Es ist besser, es kommt als großer Schock über mich."

An der Tür sagte Livia: „Ich hoffe, zumindest noch einmal von Ihnen zu hören, bevor Sie Sydney verlassen." Sie schenkte mir ein kleines Lächeln. „Viel Glück."

Fünf Minuten später erschien der Mann, der mich hergebracht hatte, und führte mich zum Einreiseschalter zurück, wo inzwischen noch mehr Gedränge herrschte als vorher. Von nun an war ich allein. Während ich in einer Schlange stand, dachte ich, was ich täte, wenn Norbert auftauchte, obwohl das nicht sehr wahrscheinlich war.

Die Spur der fiktionalen Dana Wright hinsichtlich der Flüge und Unterkünfte war überzeugend konstruiert, doch sollte Norbert mir je gegenüberstehen, wüßte er sofort, daß ich nicht seine jüngere Schwester war. Ich fragte mich, was ich an Norberts Stelle in einer solchen Situation täte. „Sie sind nicht meine Schwester. Na gut...", sagen und einfach weggehen? Oder mich trotzdem umbringen?

Da er nichts zu verlieren hatte und sowieso offiziell als geistesgestört galt, glaubte ich, daß er mich umbrächte, sofort und auf der Stelle. Es sei denn, ich käme ihm zuvor.

4

Das Reisebüro TrekTrak Ökotouren war ein kleiner unauffälliger Laden in der Parramatta Road im Innenstadtbezirk Annandale. Der Verkehr donnerte daran vorbei, Auspuffgase verpesteten die Luft, und jemand hatte die Reste einer Fastfood-Mahlzeit gleich neben der Ladentür entsorgt. Im Schaufenster hingen ein paar vergilbte Poster mit Abbildungen vom Buschland, der einheimischen Flora und Fauna und von irgendeinem Nationalpark – von einer Lagune stieg ein Schwarm Vögel auf.

Drinnen sah es nicht viel besser aus. Es gab keine Computerterminals, die für gewöhnlich in Reisebüros unerläßlich sind, nur drei leere Metalltische und einen an der Stirnseite mit ein paar Prospekten und Sonderangeboten und dem offenbar einzigen Telefon im Laden.

An diesem Tisch saß ein Bursche, der wie siebzehn aussah. Er hatte ein Pickelgesicht und den wohl hervorstechendsten Adamsapfel, den ich je gesehen hatte. Sein weißes T-Shirt war angeschmuddelt, und er trug eine mit aufwendigen Details besetzte Chromuhr, die an seinem mageren Handgelenk ziemlich absurd aussah.

TrekTrak Ökotouren war das Aushängeschild, hinter dem sich Edification verbarg, und tarnte das wahre Ziel der Organisation. Ein Reisebüro bot den Vorzug, die Teilnehmenden als Ökotouristen in die Kimberley-Region befördern zu können. So würde die Ankunft einer Gruppe grundverschiedener Leuten in einer dünn besiedelten Gegend keinen Argwohn wecken, obwohl mir persönlich jeder verdächtig wäre, der in einem solchen Laden eine Reise buchte.

„Ja?“ sagte der junge Mann, dem es schwerfiel, den Blick von seinem Pornoheft zu wenden. Selbst aus der Entfernung fielen mir bei den extrem prallen Titten der lasziv drapierten nackten Frauenkörper fast die Augen aus dem Kopf.

„Implantate“, sagte ich – oder besser Dana. Ich wußte von meinen Recherchen, daß Dana Wright sich bei so etwas keinen Kommentar verkniffen hätte. Sie hätte es verächtlich gesagt, während mein Ton eher hilfsbereit als verurteilend war.

„Was?“

Ich deutete mit dem Kopf auf sein Heft. „Nicht ein echter Busen in dem ganzen Haufen. Silikon, Kochsalzlösung, was immer. Sie glauben doch nicht etwa, daß Frauen in Natur so aussehen, oder?“

Er klappte das Heft zu. „Hören Sie, was wollen Sie eigentlich?“ Er schluckte, und ich sah fasziniert, wie sein Adamsapfel tanzte. „Wenn Sie hier was verkaufen wollen, vertun Sie bloß Ihre Zeit.“

„Ich bin auf die nächste TrekTrak-Tour gebucht.“

„Ach?“ Das weckte sein Interesse nur minimal. „Wie ist Ihr Name?“

„Dana Wright.“

Er zog die oberste Schublade auf und sah irgendwo nach. „Haben Sie einen Ausweis?“

Ich holte meinen Paß hervor und reichte ihn hinüber. „Genügt Ihnen das?“

Er besah sich das Foto, kicherte und schaute mich an. „Sieht aus, als wollten Sie den Löffel abgeben.“

„Ich bin quicklebendig“, sagte ich, „und möchte die hier zuständige Person sprechen.“ Er klappte den Mund auf, doch ich kam ihm zuvor: „Und das sind nicht Sie, Kumpel.“

***

Die zuständige Person war eine Frau, die Howie telefonisch herbeigerufen hatte: „Howie hier. Es ist noch eine gekommen. Am besten, Sie kommen 'rüber."

Zehn Minuten später stand eine Frau in Jeans und leuchtend korallenrotem Top lächelnd in der Tür. „Sie müssen Dana sein! Wunderbar, Sie an Bord zu haben!"

Erst als meine Schultern in diesem Moment ein wenig herabsanken, merkte ich, wie angespannt ich bei diesem ersten Kontakt mit Edification gewesen war.

„Und Sie sind?" fragte ich.

„Oh, wie unhöflich von mir." Sie streckte die Hand aus. „Brit Talbertson. Ich bin Ihre –" sie unterbrach sich, legte den Kopf schief und zwinkerte mir mit einem hellblauen Auge bedeutungsvoll zu – „Ihre Reiseleiterin. Wir werden uns in den nächsten Wochen viel sehen."

Ihr Händedruck war fast zu fest. Sie ließ meine Hand los und sagte: „Sie wissen bestimmt, daß dies eine reine Formalität ist, aber könnte ich bitte Ihren Paß und Führerschein sehen?"

Mich hätte gewundert, wenn sie nicht mindestens zwei Identifikationen verlangt hätte. Außerdem erwartete ich ein paar spezielle Fragen. Ich gab ihr meinen Paß und sagte: „Howie hat bereits festgestellt, daß ich auf dem Foto aussehe wie eine Leiche."

Howie hörte nicht zu. Ich konnte sehen, wie er darauf brannte, zu seinem Pornoheft zurückzukehren, es aber nicht wagte, solange Brit Talbertson anwesend war.

Brit lachte mitfühlend, als sie mein Paßfoto betrachtete. „Na, so schlimm ist es nun auch nicht! Sie sollten mal meins sehen."

Aufmerksam prüfte sie meinen britischen Führerschein, dann fragte sie: „Sie haben nicht nur einen Paß, nicht wahr?"

„Das stimmt." Da Dana Wrights Vater in England geboren war, hatten seine Kinder das Recht auf einen britischen Paß.

Ich zog den Reißverschluß des Innenfachs meiner Schultertasche auf und holte ihn heraus. „Dieses Foto ist sehr viel besser. Ich benutze ihn bei der Ein- und Ausreise in Großbritannien und bei Besuchen auf dem Kontinent. Ansonsten reise ich mit meinem Aussiepaß."

Sie blätterte darin, überprüfte Ein- und Ausreisestempel, dann gab sie ihn mir lächelnd zurück. „Es freut mich, daß Sie nichts gegen eine Prüfung einzuwenden hatten – Sie müssen verstehen, daß wir aus Sicherheitsgründen sehr vorsichtig sein müssen."

„Ich habe nichts anderes erwartet."

Ihr Lächeln wich einem besorgten Blick. „Ich weiß, daß Sie erst heute morgen aus den Staaten eingereist sind, Dana. Hoffentlich leiden Sie nicht allzusehr unter einem Jetlag, weil wir am Spätnachmittag aufbrechen. Wir haben einen Flug nach Darwin gebucht."

Die Tatsache, daß sie von meiner Einreise heute früh wußte, beunruhigte mich nicht, da eine E-Mail angeblich von Dana Wright mit den Reisedaten an TrekTrak geschickt worden war, doch von einer Abreise heute nachmittag war keine Rede gewesen.

„Heute?" fragte ich und zog erstaunt die Brauen hoch. „Ich dachte, wir fliegen am Montag."

Das war eine Komplikation: Ich hatte zumindest gehofft, Livia anrufen und von meinen ersten Kontakten berichten zu können. Die Erkenntnisse des Geheimdienstes über Edification waren so vage, daß nur wenige Mitglieder identifiziert worden waren. Und selbst da gab es nicht viel, weshalb alles, was ich beisteuern konnte, hilfreich wäre.

„Tut mir leid, wenn Ihnen das ungelegen kommt", sagte Brit bedauernd, „aber diese Änderung mußte sein. Ihr Gepäck?"

„In meinem Hotel."

„Ah!" Brit lächelte aufs Wärmste. „Sie können mir Ihren

Schlüssel geben und das Hotel nennen, dann lasse ich Ihre Sachen abholen."

Das behagte mir gar nicht, doch ich schüttelte das Gefühl ab. „Es macht mir keine Mühe, natürlich reise ich mit leichtem Gepäck, insofern brauche ich nur einen Moment, alles herzuholen."

„Nein, ich bestehe darauf." Nun war sie richtig versessen darauf. „Sie entspannen sich und überlassen alles andere mir." Wieder lächelte sie, ihre Zähne mußten überkront worden sein, sie waren einfach zu perfekt. „Sie werden ziemlich groggy sein, wenn wir an unserem Ziel ankommen."

Freundschaftlich ergriff sie meinen Arm. „Hoffentlich hatten Sie Zeit für eine heiße Dusche. Die internationalen Flüge sind ja so –" sie machte eine graziöse Geste mit der freien Hand – „anstrengend in diesen Metallröhren, eingepfercht mit so vielen Menschen."

Brits Identität war ebenso falsch wie meine. Womöglich war sie so australisch, wie sie klang, aber keine Person dieses Namens war dort geboren, wo sie behauptete, geboren zu sein, und auch ihr Touristikdiplom war falsch. Das mir vom Geheimdienst vorgelegte Foto war ein farbloser Abklatsch der lebenden Brit Talbertson. Sie sprühte derart vor Energie und Begeisterung, daß man die erste Begegnung mit ihr unmöglich vergaß. Sie hatte glänzendes braunes Haar, außergewöhnliche bernsteinfarbene Augen, volle Lippen, ihre Mimik und Gestik wirkte glatt und gefällig. Und sie lächelte zuviel.

Kurz, sie irritierte mich mächtig.

Howie schien auch nicht gerade ihr Fan zu sein. Er funkelte sie an, als Brit sich fingerschnippend umwandte. „Howie, die Liste. Du kannst jetzt abschließen."

Er nahm das Papier aus der obersten Schreibtischschublade und reichte es ihr. „Sie sagten, ich kriege diesen Tag bezahlt."

Wenig erfreut runzelte Brit die Stirn. „Es ist gerade mal ein Uhr. Du kannst wohl kaum sagen, du hättest den ganzen Nachmittag Dienst gehabt."

Er schob die Unterlippe vor. „Sie sagten, ich kriege den Tag bezahlt."

Sie ließ meinen Arm los und fischte in ihrer Jeanstasche. „Na gut."

Sorgfältig zählte er sein Geld, während Brit mit vorgetäuschter Geduld zusah. Zufrieden sagte er: „Okay, dann schließ' ich mal ab."

Sie deutete auf den Briefschlitz in der Eingangstür. „Danach werfen Sie den Schlüssel ein, ja?"

„Klar."

Draußen auf der Straße schüttelte sie sichtlich verwundert den Kopf. „Wie kriegen die je einen Job? Von behalten gar nicht zu reden."

„Er hat doch eine Stelle bei TrekTrak", wandte ich ein.

„Nur gelegentlich für ein paar Tage. Howie ist jetzt wieder arbeitslos." Brit grinste mich verschwörerisch an. „Er weiß natürlich nichts."

„Natürlich."

Ich war davon ausgegangen, daß sie mit dem Auto gekommen war, aber Brit marschierte zügig los. Sie war keine Amateurin. Auf unserem Weg um die Ecke in eine Seitenstraße bemerkte ich, wie sie sich umsah und alles überprüfte, den Verkehr, die geparkten Wagen, die Passanten. Auch wenn ich es nicht wußte – manchmal bewahrte einen Unkenntnis vor dummen Fehlern –, nahm ich an, daß ASIO uns beschattete. Zum Glück bemerkte Brit nichts davon und ich auch nicht.

Einen guten Rat hätte ich ihr geben können: Trag nie knallige Farben – das korallenrote Top war von weitem zu sehen. Neutrale Töne waren am besten.

„Da Sie in London leben, kennen Sie vermutlich Leonhard Ouster sehr gut“, sagte Brit. „Ich glaube, er engagiert sich ganz aktiv bei den Protesten gegen die amerikanischen Stützpunkte in Europa.“

Ich hätte geschworen, daß es keinen Leonhard Ouster in Dana Wrights Bekanntenkreis gab, auch auf den Listen, die ich fast auswendig herbeten konnte, war dieser Name nicht aufgetaucht. „Leonhard Ouster?“ fragte ich. „Tut mir leid, aber den kenne ich nicht. Sind Sie sicher, daß Sie sich da nicht verhört haben?“

Brit sah mich höflich erstaunt an. „Sie kennen seinen Namen nicht?“

Das war ein Test. Wenn ich mich jetzt herausredete, würde sie mich löchern, weil sie wußte, daß etwas nicht stimmte. „Nie von ihm gehört“, antwortete ich. „Aber ich kenne Chris Chatley. Die mit den langen Zähnen – sie ist wohl an die fünfundsiebzig, aber der Motor bei *Ban Uncle Sam*, diese Organisation müssen Sie meinen, glaube ich.“

Mit Vergnügen hätte ich ihr weitere Details unter die Nase gerieben, vor denen mein Kopf förmlich platzte, doch mein ASIO-Ausbilder hatte mir eingebleut, daß es verdächtig war, sich unnötigerweise zu verbreiten.

Brit schüttelte den Kopf. „Sie haben recht. Ich hab' die Namen verwechselt. Leonhard ist in den Staaten aktiv, nicht in England.“

„Trotzdem hab' ich nie von ihm gehört“, sagte ich. „*So* aktiv kann er dann wohl nicht sein.“

Brit lächelte. „Mein Fehler.“

Abseits der Hauptstraße lag ein Wohngebiet, sie bog in eine schmale Gasse, die voller Schlaglöcher war und auf eine andere Straße führte.

„Ich bin als letzte gekommen, stimmt's?“

Abrupt drehte sie sich zu mir um und vergaß zu lächeln. „Die letzte? Wie kommen Sie darauf?“

„Na, das läßt sich doch leicht zusammenreimen. Howie

hatte eine Namensliste, also waren da mehr als nur ich, und als er anrief, erklärte er, es sei noch eine gekommen, woraus ich schließe, daß mindestens eine Person vor mir eingetroffen ist. Dann, als wir gingen, sagten Sie, er könne jetzt abschließen. Und draußen sagten Sie, Howie sei nun wieder arbeitslos." Ich grinste sie an. „Ich bin ein echter Sherlock Holmes, nicht wahr?"

„Ich bin beeindruckt, Dana. Und Sie haben recht. Einer kam gestern, ein anderer heute morgen. Drei weitere stoßen in Darwin zu uns, und die übrigen werden schon dort sein, wenn wir im Camp eintreffen."

Brits Lächeln kehrte zurück. Ich fragte mich sarkastisch, ob sie auch im Schlaf lächelte. Das war gut möglich. Ich hoffte, es niemals herausfinden zu müssen.

Einen halben Block weiter bogen wir in einen Weg, der hinter den Häusern entlangführte. Als wir an ein etwas verfallenes Tor in einem etwas verwahrlosten Bretterzaun kamen, griff sie nach meiner Hand. „Hier hinein." Sie packte mich so fest, daß ich sie am liebsten weggestoßen hätte.

„Ein bißchen wie Mantel und Degen, nicht?"

Stirnrunzelnd starrte sie mich an, dann hellte sich ihr Gesicht auf. „Sie belieben zu scherzen."

Ich zuckte die Achseln. „Nervöser Tick."

Nichts, was ich über Dana Wright in Erfahrung gebracht hatte, deutete darauf, daß sie besonders humorvoll gewesen wäre, allerdings wurde sowas erst festgehalten, wenn jemand ein echter Komiker oder bekannter Witzbold war.

Sie ließ meine Hand erst los, als sie an die Hintertür klopfte, von der die Farbe abblätterte; ich starrte auf ihren schmalen Hals. Brit Talbertson schien mir von der Sorte, die unbedingt Körperkontakt sucht, und das würde anstrengend werden. Nicht, daß ich Kostverächterin wäre, aber obwohl ich sie ziemlich attraktiv fand, konnte ich mir nicht vorstellen, mich nach diesem chronischen Befingern zu sehnen.

Die Tür wurde aufgerissen. Ein Mann trat beiseite und winkte uns in die Küche, die schäbig und altmodisch war, mit einem richtig gruseligen Resopaltisch und dazu passenden grünen Stühlen. Es roch nach Kaffee und Zimthörnchen.

„Haben Sie schon gefrühstückt?“ fragte er mich. „Oder möchten Sie Kaffee und ein Hörnchen?“

„Kaffee, bitte, und ein Zimthörnchen wäre fein.“

„Das ist Konrad“, sagte Brit mit strahlendem Lächeln. „Konrad, das ist Dana.“

Er nickte freundlich. „Ist schwarz okay?“

„Vielen Dank.“

„Machen Sie sich's bequem“, sagte Brit gastfreundlich. „Ach, und Dana – von jetzt an nennen wir uns nur beim Vornamen. Wir wollen unsere Kundschaft nicht durch identifizierbare Nachnamen in Verlegenheit bringen. Sicher wirst du das verstehen.“

„Sicher.“

Ich zog einen dieser scheußlichen Stühle hervor und setzte mich. Die Kombination aus Fernreisejetlag und dem abrupten Festgenageltsein auf meine Rolle als Dana Wright ließen alles um mich her nicht ganz real erscheinen. Ich unterdrückte ein Gähnen, dann konzentrierte ich meine wandernden Gedanken auf Konrad, der aus einer verbeulten silbernen Kanne den duftenden Kaffee einschenkte.

Ich kannte seinen vollen Namen, Konrad Archer, nicht aus den Geheimdienstinformationen, sondern aus den Reiseunterlagen und E-Mails in Danas Londoner Wohnung. Konrad Archer und ein O. P. Smith, der gar nicht zu existieren schien, waren Co-Eigentümer von TrekTrak. Nach außen trat nur Konrad als der Inhaber des kleinen Reiseunternehmens, das sich auf Ökotouren in Kleingruppen in entlegene australische Outbackgebiete spezialisiert hatte, in Erscheinung.

Aus schierer Gewohnheit überlegte ich, wie ich ihn beschreiben würde: Überdurchschnittlich groß, von durchschnittlicher Statur, sehr kurzgeschnittenes schütteres braunes Haar, beweglicher Mund, die Nase war mindestens einmal gebrochen und wirkte knubbelig und verschwollen. Ein Boxer? Ein Kunstkampfexperte? Auf seinem linken Handrücken hatte er ein purpurrotes Tattoo, einen Schlangenkopf, der Körper schlängelte sich um sein Handgelenk und verschwand unter der Manschette seines dunkelblauen Hemdes.

Als er eine Platte mit heißen Hörnchen vor mich hinstellte, lief mir das Wasser im Mund zusammen. Brit tätschelte meine Schulter. „Ich schicke Joyce deine Sachen holen, also entspann dich und ruh dich aus. Hattest du Telefonate? Sie wird sie mit der Kreditkarte von TrekTrak begleichen, zusammen mit der Rechnung fürs Zimmer."

Meine Antwort war völlig unerheblich. Joyce, wer immer das war, würde ohnehin überprüfen, ob ich telefoniert hatte, und dann würde sie äußerst penibel meinen Koffer durchkämmen. Sie würde natürlich nichts Verdächtiges finden. Jedes Teil war geprüft und noch mal geprüft worden. Mein Koffer stammte aus England, die Kleidung trug britische Etiketten, die Kosmetik- und Toilettenartikel waren in Londoner Geschäften gekauft, wie auch die schweren Wanderstiefel, die ich eine Zeitlang eingelaufen hatte, damit sie nicht mehr neu aussahen. Meine Unterwäsche kam von Marks & Spencer, und als Zugabe hatte ich in einer Plastiktüte Schokoriegel und andere Süßigkeiten, die alle in England hergestellt waren.

„Kenne ich dich nicht?"

Die amerikanische Stimme dröhnte mir laut von der Küchentür ins Ohr. Ich blickte von meinem Kaffee auf, äußerlich völlig ruhig, aber innerlich aufgescheucht. Es war mein schlimmster Alptraum, daß einer der unbekannten Mitreisenden Dana Wright persönlich kannte.

Der Sprecher war ein nicht sonderlich großer, kompakt gebauter, breitschultriger Mann mit großen Händen. Er hatte ein gebräuntes hübsches Gesicht mit tiefen Falten am Mund und buschigen aschblonden Augenbrauen und entsprechendes blondes, sonnengebleichtes Haar.

„Wie bitte?“ Ich tat irritiert. Mir war sehr bewußt, daß Konrad und Brit mich beobachteten.

Der Mann trat grinsend auf mich zu. Er trug Khakihemd und -hose und schüttelte mir schraubstockmäßig die Hand. „Ich sagte, kenne ich dich nicht – aber dem ist nicht so – bis jetzt jedenfalls. Ich muß gestehen, das ist meine Masche anzubändeln. Hat sie funktioniert?“

„Mit erstaunlichem Erfolg“, sagte ich. „Ich bin ganz hingerissen – mehr oder weniger.“

„Sag Fergus zu mir. Das bedeutet auf Gaelisch ‚Starker Mann‘. Das wissen Sie vielleicht nicht.“

„Ich bin Dana.“ Und grinsend fügte ich hinzu: „Das bedeutet ‚aus Dänemark‘.“

„Aber das bist du nicht, stimmt's?“ Er legte den Kopf schief. „Englisch? Ich bin sehr gut, was Akzente betrifft.“

Nach all der Mühe, die ich mir gegeben hatte, einen australischen Akzent mit englischen Anklängen zu perfektionieren, wurmte mich das sehr. Noch bevor ich es ihm stecken konnte, griff Brit ein: „Wir sprechen nicht über Herkunftsländer oder geben Hintergrundinformationen.“

„Verflixt, Brit, jetzt hast du mir meinen schönen Ansatz vermasselt.“

Meinen Ansatz vermasselte ganz etwas anderes. Ich hatte das bohrende Gefühl, daß dieser Typ zwar nicht mich, aber ich ihn kannte. Doch wann und wo – wenn überhaupt – wir uns begegnet waren, erinnerte ich nicht. Vielleicht hatte ich ja auch irgendwann ein Foto von ihm gesehen...

Es wollte mir einfach nicht einfallen. Ich hoffte inständig, meine Erinnerung auffrischen zu können, bevor wir die Zivilisation verließen und ich ohne Hilfe war, wenn ich sie nötig hätte.

5

„He, Konrad, ich könnte einen Kaffee gebrauchen." Fergus stand da und erwartete offensichtlich, daß Konrad ihm Kaffee brachte.

Der deutete auf die Kanne. „Bedien dich."

Aus seinem scharfen Ton und dem Ausdruck auf seinem Gesicht schloß ich, daß er Fergus nicht mochte; die Tatsache sollte ich mir merken. In der vor mir liegenden Zeit mußte ich überaus sensibel sein, wie sich die Beziehungen in einem isolierten Camp entwickeln würden. Vom genauen Erspüren subtiler Sympathien und Antipathien, Animositäten und Freundschaften konnte mein Überleben abhängen,

Fergus nahm sich Kaffee, dann zog er einen Stuhl heran und setzte sich neben mich, auf eine nette Unterhaltung erpicht, wie ich fürchtete. Ich suchte nach einer Taktik, das zu vermeiden, denn mir fielen fast die Augen zu, und ich konnte mich nur mit Mühe wachhalten.

Ich unterdrückte ein Gähnen und murmelte zur Erklärung: „Jetlag", und wollte Brit gerade fragen, ob ich mich irgendwo für eine Stunde langlegen könnte, als Fergus, dessen große Pranken den Kaffeebecher umschlossen, bemerkte: „Sag bloß, du bist heute aus London gekommen! Brutal! Hab' ich auch schon ein paarmal hinter mir, und ein vierundzwanzigstündiger Flug oder mehr ist kein Pappenstil."

„Ich bin von Los Angeles geflogen."

„Von L.A.? Kenn ich gut." Er beugte sich vertraulich zu mir. „Meine Gruppe – wir hatten einen Testlauf am L.A.X. Einer der größten Flughäfen im Land, weißt du."

„Testlauf?"

„Nur eine Machbarkeitsstudie. Sieben verschiedene Terminals, in denen sieben einzelne Bomben gleichzeitig hochgehen.“ Er lehnte sich zurück, mit dem Ergebnis offenbar zufrieden. „Du weißt, wie viele Menschen täglich den Flughafen frequentieren? Es wäre ein Inferno. Die Feuerwehr und die Polizei würden abgelenkt, die Krankenhäuser überfüllt. Und dann käme der große Knall...“

„Sehr ambitioniert“, sagte ich mit entsprechend anerkennendem Blick. Innerlich schüttelte es mich, daß dieser Plan von Tod und Zerstörung mit solcher Fröhlichkeit diskutiert werden konnte. Obwohl ich wußte, daß auch ich im Ausbildungslager ähnliche Terrorakte mit ebensolcher Begeisterung planen würde.

„Deshalb bin ich ja hier“, erklärte Fergus und grinste Konrad und Brit an. „Mein Vater hat immer gesagt, wenn ein Job es wert ist, getan zu werden, dann muß er auch gut getan werden. Edification wird mir die Logistik und technischen Informationen vermitteln, um solch eine Mission mit Erfolg durchzuziehen.“

Ich erkundigte mich nicht nach seiner Gruppe, das wäre in dieser Welt, wo Geheimnisse hoch gehandelt wurden, viel zu inquisitorisch gewesen.

„Apropos Erfolg“, sagte Fergus und schwang sich auf seinem Stuhl herum, „haben unsere Leute die Feuer in den Melbourner Abtreibungskliniken gelegt?“

Konrad und Brit antworteten gleichzeitig, Konrad sagte: „Kein Kommentar“, Brit sagte: „Ja!“

„Fein“, bemerkte Fergus, „nach dem, was ich hörte, hab' ich mir's gedacht.“ Er blickte Konrad verächtlich an. „Ich weiß nicht, warum du so zugeknöpft bist. Es ist eine tolle Publicity für euch. Betrachte die PR-Seite mal mit konstruktivem Blick.“ Während er darlegte, was Edification tun sollte, um sich einen guten Ruf als Terroristenschmiede zu erwerben, beobachtete ich Konrads Körpersprache.

An Fergus' Stelle wäre mir jeder weitere Rat im Hals steckengeblieben. Konrads Mund war vor Wut ganz schmal, seine Augen zusammengekniffen, seine Haltung klassisch hab acht – Kinn gesenkt, um die Kehle zu schützen, Gewicht ausbalanciert, ein Fuß vorgeschoben, Knie locker, Ellbogen angewinkelt, die Hände vor dem Körper, bereit zuzuschlagen.

Brit biß sich auf die Lippen, sah von einem zum anderen. Vielleicht, dachte ich, hatte sie schon erlebt, wie Konrad in einer ähnlichen Situation ausgerastet war.

Als Fergus mit selbstgefälliger, beifallheischender Miene innehielt, wechselte Brit spontan das Thema und sagte eindringlich zu Konrad: „Joyce ist überfällig, hoffentlich ist nichts passiert. Sie sollte längst mit Mokhtar zurück sein."

Wie auf Kommando knallte die Haustür. „Ach, da sind sie ja", rief Brit erleichtert.

Einen Augenblick später sah mich eine Frau eindringlich an. Sie war mittleren Alters und ziemlich farblos, vom fanatischen Glanz in ihren dunklen Augen mal abgesehen. Sie war dürr und hatte das graugesträhnte schwarze Haar zu einem unvorteilhaften Pferdeschwanz zusammengebunden. Hinter ihr erschien ein schmächtiger junger Mann mit schwarzem Haar und olivfarbener Haut.

„Dana, das ist Joyce", stellte Brit höflich vor, „und dahinter ist Mokhtar. Joyce, dies ist –"

„Ich bin schon im Bilde", fertigte Joyce sie ab. Zu mir sagte sie: „Hast du von deinem Bruder gehört? Es kam gerade im Autoradio."

Als ahnungslose Dana Wright tat ich erstaunt. Auch wenn Dana allen Grund hatte, ihren Bruder wegen seiner Taten zu hassen, war sie viel zu beherrscht, glaubte ich, sich gehenzulassen, etwa: „Ich hoffe, das Miststück ist verreckt!" Statt dessen fragte ich: „Im Radio? Mein Bruder? Was ist passiert?"

Joyce überbrachte mir regelrecht begeistert die Hiobsbotschaft: „Er ist aus der Klapse geflohen."

In Mokhtars Gesicht rührte sich nichts, die anderen zeigten sich relativ überrascht.

Brit, die am stärksten reagierte – die blauen Augen aufgerissen, die Kinnlade heruntergeklappt –, faßte sich rasch und wies sie zurecht: „Joyce, bitte, wir posaunen persönliche Dinge nicht aus."

Joyce ignorierte sie und fuhr fort: „Er hat einen Arzt abgemurkst und ist einfach getürmt."

Livia hatte gesagt, der Arzt sei schwerverletzt, nicht tot, also hatten es die Nachrichten falsch gebracht, oder Joyce hatte sich verhört. „Norbert hat jemanden umgebracht?"

„Den Schädel eingeschlagen." Joyce nickte. „Dann seine Sachen angezogen und ist durch sämtliche Sicherheitskontrollen nach draußen gelangt. Niemand hat auch nur versucht, ihn aufzuhalten."

Brit, die offensichtlich ihre Bemühung aufgegeben hatte, auf das Verbot der Weitergabe persönlicher Informationen zu pochen, schüttelte den Kopf. „Schrecklich. Einfach schrecklich."

Wie süß, dachte ich. Da bedauerte sie die Flucht des Psychopathen Norbert Cummins, und dabei unterstützte sie kühl und gleichmütig die Ermordung einer Vielzahl Unschuldiger durch Terroristen.

„Dein Bruder ist plemplem?" fragte Fergus neugierig. In Diplomatie gewänne er jedenfalls keinen Blumentopf.

„Ich fürchte ja."

„Das ist ein Hammer."

Mokhtar bewegte sich mit fast katzenhafter Geschmeidigkeit in die Mitte der Küche. „Spielt das hier irgendeine Rolle?" fragte er mit hoher Stimme in leichtem Akzent. „Was im privaten Leben irgendeines von uns passiert, ist für die anderen nicht relevant, oder?"

Brit warf ihm einen irritierten Blick zu, dann legte sie mir die Hand auf den Arm. „Dana, du bist bestimmt sehr besorgt.

Möchtest du irgendwen anrufen? Bitte, fühl dich hier ganz wie zu Hause."

An diesem Punkt schien eine emotionale Antwort angebracht. „Ich möchte niemanden anrufen", sagte ich mit einem Anklang von Haß und entzog ihr meinen Arm. „Norbert hat meine Familie vernichtet – die Menschen, die mir am nächsten standen." Ich gestattete mir eine dramatische Pause. „Es ist niemand mehr übrig, den ich anrufen möchte."

„Ach, meine Liebe", antwortete Brit. Fast hätte ich geglaubt, Tränen in ihren Augen zu sehen. „Das ist so traurig, keinen Menschen zu haben, den man anrufen kann, wenn man ihn braucht."

Plötzlich brach Joyce in Lachen aus. „Und du? Wen würdest du anrufen, Brit? Siobhan?" Einen Moment sah Brit ganz verstört aus, dann wurde sie wütend. „Halt den Mund, Joyce!"

Auch Konrad wirkte aufgebracht. „Ja, halt bloß den Mund, Joyce", pfiff er sie an.

Ungerührt erklärte Joyce: „Wie heißt es so schön, wer die Hitze nicht aushält, hat nichts in der Küche zu suchen."

Ich trank einen Schluck von dem ausgezeichneten Kaffee, dann biß ich ein großes Stück von dem Zimthörnchen ab. Ich hatte keine Ahnung, wer diese Siobhan war, war aber gespannt darauf, sie kennenzulernen.

6

Während wir auf dem Flughafen warteten, der meinen übermüdeten Augen vorkam wie jeder andere Flughafen, fragte ich mich, warum Edification weder meine Schultertasche noch die Kleidung, die ich trug, durchsucht noch eine Leibesvisitation vorgenommen hatte.

Ins Gespräch vertieft, standen Konrad, Brit und Joyce etwas abseits. Konrad wirkte auf mich gefährlich wie ein Knochenbrecher, was allerdings an seinem angeschlagenen Nasenbein liegen konnte. Wegen seiner Größe beugte er den Kopf zu den Frauen herab, aber in seiner Körpersprache lag keine Achtung. Der tätowierte Schlangenkopf auf seinem Handrücken faszinierte mich, und ich fragte mich, ob die Schlange sich seinen ganzen Arm hinaufwand.

Joyce stand sehr aufrecht da und hörte zu. Hin und wieder warf sie etwas ein, und die anderen hörten ihr aufmerksam zu.

Brit, diesmal ohne ihr lebendiges Lächeln, war sehr beredt und starrte gelegentlich herüber, wo Fergus, Mokhtar und ich saßen. Ihr Gesicht, für gewöhnlich so ausdrucksvoll, war undurchdringlich.

Die Hierarchiestruktur war mir noch ein Rätsel. ASIO hatte nicht feststellen können, ob Edification von einem Komitee geführt wurde oder von einer oder zwei Personen. Mein erster Eindruck war gewesen, daß Konrad, als Mann in der ersten Reihe von TrekTrak, mit seiner enormen körperlichen Präsenz, vielleicht die Organisation anführte, doch jetzt war ich mir da nicht mehr sicher. Es war immerhin möglich, daß der Chef der Organisation in keiner sichtbaren Verbindung zu Edification stand und aus der Ferne die Strippen zog. Oder daß er, oder sie, in Camp E war.

Ich ließ weiteres Spekulieren und hörte zu, wie sich Mokhtar und Fergus über die neuesten Sicherheitsvorkehrungen auf den Flughäfen mokierten und wie sie am besten zu umgehen waren. Das brachte mich auf den Gedanken an Spionageequipment im allgemeinen.

Wir drei konnten mit kleinen Wanzen ausgestattet sein oder mit Minikameras oder elektronischen Peilsendern, die vom globalen Positionssatellitensystem zu empfangen war. GPS-Technologie war so genau, daß man damit in Kalifornien die minimalsten Bewegungen der Erdkruste aufzeichnete, um Erdbeben vorherzusagen, und durch ein von einem abgelegenen Punkt in der Wildnis im Norden Australiens ausgesandtes Signal war die genaue Position von Camp E feststellbar.

Während der Vorbereitungen auf meinen Auftrag hatten Livia und ich diskutiert, ob ich mit der neuesten Elektronik ausgestattet werden sollte, vor allem da diese Geräte inzwischen so winzig waren, daß sie sich leicht verstecken ließen: Kameras als Hemdknöpfe oder Videokameras in Armbanduhren, Miniabhörgeräte mit großer Reichweite.

„Der Grund, daß sie noch nicht unterwandert wurden, ist ja, daß sie äußerst vorsichtig sind", hatte ich gesagt. „Außerdem – wenn sie bei mir etwas entdecken, das nach James Bond aussieht, ist meine Tarnung unweigerlich aufgeflogen, denke ich." Ich weiß noch, wie ich sie dabei angrinste und fragte, ob sich für diesen Fall an einem meiner Backenzähne eine Giftkapsel befestigen ließe.

Das fand Livia gar nicht komisch und bemerkte kühl, daß ich, wenn ich aufflöge, mit Sicherheit gefoltert würde, ehe man mich kaltmachte. Da verging mir das Grinsen.

Am Ende kamen wir zu dem Schluß, daß ich nichts bei mir haben sollte, das mich verraten könnte, aber ich fragte mich noch immer, ob das die richtige Entscheidung war.

Ich bemerkte, daß jemand neben mir stand. „He, Dana", sagte Fergus, „ich wollte dich um einen Gefallen bitten."

„Und der wäre?"

„Sitz im Flugzeug neben mir." Er schielte zu Mokhtar, der uninteressiert eine Zeitschrift durchblätterte. „Ich habe einen Platz neben Mokhtar, aber das ist kein abendfüllendes Programm."

Ich rang mir ein entschuldigendes Lächeln ab. „Tut mir leid, Fergus, aber ich bestehe den Test auch nicht. Sobald wir gestartet sind, werde ich schlafen."

„Ach, komm schon! Wir könnten doch einen heben und ein bißchen Spaß haben." Als ich den Kopf schüttelte, sah er schmeichelhaft unglücklich aus. „Dann ein andermal?" fragte er.

„Na klar", sagte ich beim Gedanken daran, daß ich mich mit Fergus gut stellen müßte, wenn ich etwas über seine Bombengruppe herauskriegen wollte.

Der Flug nach Darwin, Hauptstadt des Northern Territory und die größte Stadt im Norden Australiens, verlief ereignislos. Ich döste die meiste Zeit, was nur möglich war, weil Joyce neben mir saß und während des Fluges kaum etwas sagte. Jedesmal, wenn ich aufwachte, saß sie in derselben Haltung da – die Hände auf dem Schoß gefaltet, starrte sie mit offenen Augen auf den Vordersitz. Dieses wort- und blicklose Starren war ziemlich nervend, allerdings nicht nervend genug, um mich wachzuhalten.

Ich setzte mich auf, als das Motorengedröhn sich veränderte, ein Zeichen, daß Darwin vor uns lag. Das Flugzeug landete, rollte dann eine Ewigkeit, bis es endlich stoppte, worauf die Reisenden so hektisch aufsprangen und nach dem Gepäck in den Fächern über ihren Köpfen griffen, daß es aussah, als wollten sie flüchten. Natürlich bildete sich daraufhin die unvermeidliche Schlange, alle standen mit ihren Habseligkeiten da und warteten, während ein paar etwas klügere Nonkonformisten in ihren Sesseln sitzen blieben.

Im allgemeinen gehörte ich zu der eiligen Menge, doch diesmal hielt mich die Erschöpfung in meinem Sitz neben Joyce, die alle aussteigen ließ, bevor sie sich erhob.

Brit, die noch vor Erlöschen des Bitte-anschnallen-Zeichens aufgesprungen war, drängte sich durch die Menge zu uns und scheuchte uns auf wie eine Hennenmutter: „Ich finde, ihr solltet euch fertigmachen. Man wird uns gleich rauslassen. Ich meine, wir müssen noch unser Gepäck abholen und Taxis finden..."

Ich nickte höflich, Joyce feixte.

Als sich das Flugzeug leerte, suchten Joyce und ich unsere Sachen zusammen und betraten praktisch als letzte die hellerleuchtete Flughafenhalle. Brit, die ungeduldig mit den anderen wartete, trieb uns zur Eile an.

„Was hältst du von ihr?“ fragte mich Joyce unvermittelt.

„Von wem? Brit?“

„Ja, Brit.“

„Naja“, sagte ich und spielte auf Zeit, „Ich kenne sie eigentlich kaum...“

Joyce wartete.

„Ich denke, daß man sie leicht unterschätzen könnte.“

Ein leichtes Nicken. „Gute Antwort“, sagte Joyce.

Darwin kannte ich nicht, würde es aber auch beim nächsten Mal nicht wiedererkennen, weil wir im Dunkeln ankamen und, wie Brit uns informierte, die nächsten Stunden in einem Motel in der Nähe verbrächten und noch vor Morgengrauen mit einer kleinen Chartermaschine weiterflögen.

Draußen vor dem Flughafen glänzten die Straßen vor Nässe. Die heiße, feuchte Luft erinnerte mich daran, daß hier im Norden die Regenzeit noch nicht zu Ende war, die von Dezember bis März ging. Livia und ich hatten uns Gedanken gemacht, warum Edification nicht bis zur Trockenzeit wartete. Wir waren zu dem Schluß gekommen, daß die Regenzeit sehr viel weniger Touristen anlockte. „Und“, hatte Livia gesagt, „es gehört vielleicht zu ihrem Trainingsprogramm, knietief durch Wasser und Sümpfe zu laufen.“ Sie lachte über mein Gesicht.

Jetzt zwängten wir uns mit unserem Gepäck in zwei Taxis. Ich fuhr mit Konrad, Joyce und Mokhtar im ersten und nahm die Gelegenheit wahr, darüber zu mosern, daß ich hinten zwischen Mokhtar und Joyce eingequetscht war, denn als Dana Wright konnte ich mich nicht von Ort zu Ort scheuchen lassen ohne aufzumucken. So gab ich ein paar bissige Kommentare darüber ab, daß ich gar nicht beglückt sei, direkt nach meiner Ankunft in Sydney mit einem ziemlichen Jetlag von einem Flugzeug ins andere verfrachtet zu werden.

Niemand versuchte, mein gesträubtes Gefieder zu glätten, nur Konrad sagte, daß ich mich im Motel ein paar Stunden aufs Ohr legen könnte, ehe wir nach Kununurra weiterflögen.

Das gab mir einiges zu denken. Ich hatte die Landkarten von Nordaustralien so gründlich studiert, bis mir die Augen tränten. Insofern wußte ich, daß Kununurra, von Darwin etwa siebenhundert Kilometer entfernt, als der östliche Zugang zu den Kimberleys galt. Die Stadt hatte sich erst in den sechziger Jahren entwickelt, als man das große Ord-River-Bewässerungsprojekt anging. Sie lag am künstlich aufgestauten Lake Argyle, einem See von tausend Quadratkilometern und Heimat unzähliger Vogelarten. Kununurra war auch ganz in der Nähe vom Mirima Nationalpark und der Argyle Diamantmine, woher der seltene rosafarbene Argylediamant stammte...

Ich grinste in mich hinein: Wenn alles schiefging, konnte ich immer noch Reiseleiterin werden.

Dann fiel mir noch etwas ein: der Lufthighway Ibis. Wegen der großen Entfernungen und der schlechten Erreichbarkeit der Kimberleys über die Straße war ein ganzes System kleiner Charterfluglinien entstanden, die oft von privatem Land starteten. So war es möglich, in einem Bruchteil der Zeit, die die Fahrt über Straßen gebraucht hätte, an die verschiedenen Ziele zu gelangen.

„Steigen wir dann in ein anderen Flugzeug in Kuna... Kuna..."

„Kununurra", sprang Konrad bei. „Nein. Von dort fahren wir mit Geländewagen."

Das konnte bedeuten, daß Camp E nicht weit entfernt lag. Obwohl das nicht sehr wahrscheinlich war, da hier die bekanntesten Reiseziele der Gegend zu finden waren.

Als wir vor dem einfachen kleinen Motel aus dem Taxi stiegen, fragte ich Konrad: „Treffen wir hier die anderen? Brit sagte so etwas."

„Ach ja?" Mit finsterem Blick starrte Konrad zu Brit hinüber, die gerade aus dem zweiten Taxi stieg. „Und was hat sie sonst noch gesagt?"

Ich zuckte die Achseln. „Nichts woran ich mich erinnere." Daraufhin wollte er sich abwenden, doch ich hielt ihn am Ellbogen fest. „Also?" drängte ich ihn, wie Dana es meines Erachtens getan hätte. „Schließlich werden wir die nächsten Wochen miteinander verbringen, deshalb bin ich auf sie gespannt."

In mir brach nicht etwa das Herdentier durch, sondern reines Eigeninteresse. Darwin war so ziemlich die letzte Gelegenheit für einen Absprung. ASIO würde unsere Truppe bestimmt noch beschatten, wenn also einer von diesen dreien, die wir in Darwin träfen, Dana Wright persönlich kannte oder aber mich als Denise Cleever, konnte ich einen Abgang machen. Wären wir erst tief in der Wildnis, würde das entschieden problematischer.

Konrad sah auf die Uhr. „Das betrifft alle", sagte er und erklärte laut: „Wir treffen uns in zwanzig Minuten in Zimmer acht. Laßt euer Gepäck hier. Ihr bekommt es nachher. Ihr habt genug Zeit, eure Zimmerschlüssel zu holen und euch etwas frisch zu machen."

Mein Motelzimmer war schlicht, aber sauber. Ich legte meine Tasche ab und blickte mich um. Die einzige Dekoration an den beigegestrichenen Wänden war ein Druck mit einem auf einem Fluß dahingleitenden Schwan. Beige – diese Farbe haßte ich prinzipiell. Die Bettdecke hatte ein verblichenes Muster in Pink, und eine rasche Überprüfung ergab, daß die Matratze ziemlich klumpig war. Ein Telefon gab es nicht.

Es war wohl paranoid zu glauben, ich stünde hier und jetzt unter Beobachtung, aber vielleicht war es klug, davon auszugehen. Ich sah direkt vor mir, wie Konrad, Brit und Joyce im Motelbüro das Gepäck filzten, allerdings reichten zwanzig Minuten kaum aus, alles zu durchsuchen.

Der Radiowecker hatte zwar einen Sprung im Plastikgehäuse, funktionierte aber. Ich versuchte auf etlichen Sendern, Nachrichten über Norbert zu bekommen, empfing aber nur Musik und Unterhaltung. Bestimmt berichteten sie auch in dieser abgelegenen Gegend im Norden über die Taten des britischen Axtmörders – Hackebeil klang nicht ganz so schlimm.

Ich gab auf und ging ins Bad. Das Licht über dem Spiegel war brutal. Ich schnitt meinem Gesicht eine Fratze, wusch meine Kontaktlinsen und mein Gesicht, träufelte mir Tropfen in die leicht blutunterlaufenen Augen, putzte meine Zähne, denn eine Zahnbürste trug ich immer in meiner Schultertasche bei mir, dann setzte ich die Kontaktlinsen wieder ein und betrachtete mich noch einmal im Spiegel. Keine große Verbesserung. Ich überlegte, ob ich nicht doch Makeup auflegen sollte – aber schließlich würde ich das im Busch auch nicht tun, also müßten sie sich an meinen ungeschminkten Anblick gewöhnen.

Zimmer acht war größer als meines, aber das Dekor war identisch, nur daß das Motiv des Drucks über den Betten ein aus silbernem Wasser emporfliegender Reiher war. Das Zimmer füllte sich rasch. Vier unbekannte Leute waren darunter, einer von Edification, ein stämmiger Typ namens Vince mit Obsidianaugen und fast lippenlosem Mund. Unsere anderen Teilnehmer und die Teilnehmerin wurden als Patsy, Rob und Tom vorgestellt.

Patsy war vielleicht Ende vierzig, gut gepolstert, mit feinem Haar und von herzlicher Frische. Rob hatte ein langes Gesicht, das von einer unvorteilhaften formlosen Knollennase dominiert wurde, die sich über dem kleinen Mund und spitzen Kinn erhob. Der dritte, Tom, war sehr ansehnlich, jung, fit, überaus freundlich, nur seinen Schnauzbart fand ich nicht so vorteilhaft, er war eine Spur dunkler als sein kupferfarbenes Haar.

Ich war erleichtert, daß ich niemand von ihnen kannte und niemand rief: „Mein Gott, Dana/Denise, was tust du denn hier!“ Insofern nahm ich an, momentan sicher zu sein.

Mit einer netten kleinen Rede hieß Brit uns alle „auf der Reise“ willkommen – sie zwinkerte, als sie das sagte – und erteilte Konrad das Wort.

Der hielt sich nicht mit Artigkeiten auf. Nachdem er erklärt hatte, wir dürften die Motelanlage nicht verlassen, und wenn wir Hunger hätten, sollten wir uns was aus dem Automaten beim Büro ziehen, fuhr er fort: „Jede und jeder von euch muß jetzt einer Leibesvisitation und der Überprüfung sämtlicher Sachen zustimmen. Aus Gründen der Sicherheit – eurer wie unserer. Noch Fragen?“

Schweigen machte sich breit, dann erfolgten zwei ablehnende Einwürfe.

„Und wenn wir uns weigern?“ Mokhtars makellose Haut zeigte rote Flecken, und seine helle Stimme war schneidend. „Man hat uns nichts gesagt von diesem... Eindringen in die Intimsphäre.“

Ungerührt erklärte Konrad. „Wer sich dieser praktischen Sicherheitsmaßnahme widersetzt, wird nicht am Training teilnehmen. Über dieses Motel kommt ihr dann nicht hinaus.“

Er wartete, ob Mokhtar noch etwas zu sagen hatte, da aber nichts kam, wandte er sich an uns. „Weitere Einwände? Gut, dann wollen wir es rasch hinter uns bringen. Ihr werdet alle hier warten, eine Person nach der anderen wird dann zu ihrem Zimmer geführt, wo die Durchsuchung stattfindet. Die Frauen werden von Brit und Joyce durchsucht, die Männer von Vince und mir."

„Ich gehe als erste", sagte ich. Ich war übermüdet und wollte mich nur noch hinlegen, egal wie klumpig das Bett sein mochte. Wenn das nur über eine Leibesvisitation zu haben war, dann mal los.

7

Im stillen dankte ich Livia für ihre Zustimmung, vom Gebrauch elektronischer Geräte abzusehen, und folgte Joyce und Brit zum Büro, um meinen eleganten Koffer und die Tasche aus dem Gepäck zu sortieren, das eine magere junge Frau in schmuddeligem orangefarbenen Sommerkleidchen und Flipflops bewachte. „Niemand hat was angerührt", erklärte sie ungefragt zwischen hektischen Zügen aus ihrer Zigarette.

„Wer war das?" fragte ich, als wir außer Hörweite waren.

Brit starrte mich an. „Warum mußt du das wissen?"

Ich setzte mein strahlendstes Lächeln auf. „Ich hab' mich gefragt, ob sie zu Edification gehört und ob ich sie öfter zu sehen bekomme."

Joyce wieherte vor Lachen. „Verdammt unwahrscheinlich."

Brit nahm meine Frage ernst. „Ich glaube, sie heißt Cheryl. Sie arbeitet hier im Motel, nicht für uns. Wir zahlen ihr ein paar Dollar, damit sie unser Gepäck bewacht."

„Sie macht sich lustig, Brit", sagte Joyce.

Brit wirkte verdutzt, dann irritiert. „Sehr witzig", sagte sie mit verletztem Blick in meine Richtung.

Beladen mit Koffer und Tasche ging ich voraus zu meinem Zimmer und fand Edifications Vorgehen ziemlich raffiniert. Ich wußte, daß Joyce meine Sachen bereits gefilzt hatte, als sie sie vom Hotel in Sydney abholte, außerdem hatten sie darauf geachtet, daß ich seitdem nicht mehr allein geblieben war, so daß sie sicher sein konnten, mir keine Gelegenheit verschafft zu haben, heimlich irgendein eventuell mitgebrachtes Gerät zu verstecken.

Vor meiner Tür setzte ich mein Gepäck ab und fischte den Schlüssel aus meiner Jeans. Beim Aufschließen fragte ich: „Drogen? Ist es das, was ihr zu finden hofft?"

Joyce überhörte meine Frage, aber Brit antwortete mit einem Ausdruck der Besorgnis und Entschlossenheit: „Dana, ich weiß, wie peinlich das ist, aber wir müssen sichergehen, daß niemand Wanzen bei uns einschmuggelt. MI5, MI6, ASIO, die CIA – sie alle könnten versuchen, uns zu unterwandern. Es ist zum Schutz für alle, sicherzustellen, daß keine solchen Gerätschaften in Camp E eingeschleust werden."

Ich hatte das Licht brennen lassen, und das kleine Zimmer schien sein Bestes zu geben, einladend auf uns zu wirken. Ich schloß die Tür, versicherte mich, daß sie wirklich zu war, denn ich war nicht darauf erpicht, daß mich sonst noch wer nackt sah. „Ich möchte noch einmal nachdrücklich festhalten, daß mir das überhaupt nicht gefällt. Ich habe einen Batzen Geld dafür bezahlt, hier zu sein. Wieso zum Teufel sollte ich das Programm sabotieren?"

Joyce schwieg mit ungerührtem Gesicht. Wie vorauszusehen war, antwortete Brit: „Tut mir leid, aber wir müssen dich bitten, deine Kleidung auszuziehen, Dana. Ich hoffe, es macht dir nichts aus."

„Und wenn schon." Joyce kippte den Inhalt meiner Schultertasche aufs Bett.

„Es macht mir nichts aus, wenn ihr nur sanft seid."

Ohne einen ausgeprägten Sinn für Humor – ich fragte mich, ob sie überhaupt wußte, was das war – klapperte Brit verwundert mit den Lidern, aber bei Joyce, die meinen Tascheninhalt durchwühlte, rief meine Bemerkung einen Anflug von Lächeln auf die Lippen.

Anfangs hatte ich gedacht, Joyce befände sich auf der Hierarchieskala von Edification weit unten, weil sie Mokhtar durch die Gegend kutschiert – er war nämlich mit starken Zahnschmerzen in Sydney eingetroffen, und sie hatte ihn in die Notaufnahme der Zahnklinik gebracht – und dann mein Gepäck vom Hotel abgeholt hatte. Jetzt war ich mir nicht mehr so sicher.

Ihr Umgang mit Brit war zumindest wie der unter gleichen, und wenn sie Konrad gegenüber etwas rücksichtsvoller war, lag das vielleicht daran, daß er ihr nicht so oft quer kam, wie Brit das offensichtlich tat.

Während ich aus meiner Jeans stieg, schickte ich ein stummes Dankgebet an die Göttin der Weisheit, die vor einer Weile viel zu tun bekam, als ich eines Abends drauf und dran war, mir einen hübschen kleinen Drachen über den linken Knöchel tätowieren zu lassen. Warum ein Drachen? Das weiß ich nicht mehr, aber zu der Zeit erschien es mir eine gute Idee. Welch ein Glück, daß meine Knöchel unbehelligt geblieben waren, denn Dana Wright hatte keine Tattoos und auch keine Muttermale.

Ich schaute zu Joyce hinüber, die noch immer mit dem Inhalt meiner Tasche beschäftigt war. Sie war äußerst pingelig und untersuchte jeden Gegenstand genau. Wenn ich darüber nachdachte, war das Filzen unterwegs ziemlich geschickt. In Sydney hätte ich ja eine elektronische Wanze irgendwo im Haus verstecken und sie später mitnehmen können. Aber so hatte ich keine Gelegenheit, irgend etwas zu verstecken, es sei denn... Ich sah mich im Zimmer nach Stellen um, wo ich ein winziges Gerät hätte verbergen können.

„Bitte, beeil dich ein bißchen", sagte Brit mit Bedauern. „Wir müssen noch andere durchsuchen, weißt du."

„Nur eine andere", stellte ich richtig. „Nämlich Patsy. Das scheint mir nicht ganz fair, oder? Ihr habt zwei, und die Jungs haben vier."

„Wie nett, daß du dir Sorgen um die Arbeitsteilung machst", erklärte Joyce, „aber ich bin sicher, die beiden schaffen das."

Ich verkniff mir ein Grinsen. Joyce hatte einen unvorteilhaften ersten Eindruck bei mir hinterlassen, doch ihr trockener Humor gefiel mir immer mehr.

Ich knöpfte gerade mein Hemd auf, als ich eine Mücke summen hörte. „Hier drin ist eine Mücke!" rief ich. „Und da soll ich mich ausziehen!"

Joyce ignorierte mich. Brit drehte suchend den Kopf nach dem Insekt. „Wenn mich so ein Biest sticht, kriege ich riesige rote Flatschen. Es ist scheußlich."

„Ich denke mir, daß es da, wo wir hinwollen, jede Menge Insekten gibt, und viele davon sind bestimmt entschieden gefährlicher als Mücken."

Brit schauderte aufrichtig. „Gott, ich hasse dieses ganze Ekelgetier", sagte sie. „Und das gibt's massenhaft – Spinnen, Schlangen und Tausendfüßler, einen halben Meter lang..."

„Brit, beherrsch dich!" schnauzte Joyce sie an.

Ich mußte grinsen. Brüskiert beugte sich Brit über mein Baumwollhemd. „Im Kragen ist ein Mikroprozessor eingenäht", sagte ich, woraufhin mir Brit einen vernichtenden Blick zuwarf.

„Du trägst Kontaktlinsen?" Joyce hielt das Plastikdöschen für meine Linsen hoch. „Du könntest Probleme bekommen. Wo wir hingehen, ist es heiß und feucht, und da mußt du sehr vorsichtig sein. Du willst doch keine Augenentzündung mitten im Nichts."

Ich war bei meiner Unterwäsche angelangt, hakte meinen BH auf und reichte ihn Brit. Unter gewissen Umständen konnte ein Striptease durchaus sexy sein und Spaß machen, doch diese Situation war ganz und gar nicht so. „Da du bestimmt mein Gepäck durchsucht hast, Joyce, weißt du ja, daß ich eine Brille habe. Im Notfall kann ich die aufsetzen“, erklärte ich.

Joyce klappte den Koffer auf, der zwei Fächer hatte. Sie musterte die Ersatzlinsen und fragte: „Du trägst gefärbte Kontaktlinsen?“

Ich grinste verlegen. „Nenn mich oberflächlich, aber vor langer Zeit kam ich zu dem Schluß, daß blond sein nicht reicht. Ich wollte eine blauäugige Blondine sein.“

Joyce beeindruckte mich durch ihre Umsichtigkeit. Sie schlug meinen Paß auf. „Hier steht, daß du blaue Augen hast.“

„Ich habe geflunkert, weißt du. Es ist dumm, so eitel zu sein, aber alle glauben, daß ich blaue Augen habe.“

Ich tat, als ob es mich kränkte, von der Natur benachteiligt zu sein, und fügte hinzu: „Wenn du's unbedingt wissen willst, eigentlich haben sie einen Stich ins Bräunliche. Da war alles andere besser.“

Joyce blickte mich nachdenklich an, dann konzentrierte sie sich auf meine Schultertasche und prüfte sämtliche Nähte des Futters. Brit untersuchte ebenso gründlich meine Kleidung. Ich stand splitternackt zwischen ihnen und dachte, wie schwer es war, gleichmütig zu erscheinen, wenn man nichts als nackte Haut präsentierte. Ich glaube, daß auch Nudisten erst lernen müssen, vor Fremden nackt zu erscheinen; ich jedenfalls fühlte mich sehr im Nachteil.

Die Mücke summte jetzt angriffslustig. Ich schlug auf meinen Nacken. Daneben. Triumphierend sauste die Mücke davon.

„He, beeilt euch ein bißchen. Ich werde hier bei lebendigem Leib aufgefressen.“

„Deine Tasche ist sauber“, sagte Joyce. Zu meiner Überraschung stopfte sie die Utensilien wieder hinein. Ich hätte gedacht, sie gehörte zu der Sorte der Zollbeamten, die alles herauskramen und dann den Reisenden die Beseitigung des Chaos überlassen.

„Das hier ist ein echter Hammer, muß ich sagen.“ Ich klang richtig sauer. „Da komme ich her, um zu lernen, wie man andere terrorisiert – nicht um selbst terrorisiert zu werden.“

„Ich glaube nicht, daß man dich so leicht terrorisieren kann“, sagte Joyce mit verkniffenem Lächeln. „Ich habe deine Akte gelesen.“

Einen Moment wurde mir schlecht beim Gedanken, sie wüßte, daß ich Denise Cleever bin, doch dann sagte mir mein Verstand, daß sie Dana Wright meinen mußte. Ich zuckte höflich die Schultern als Antwort auf die Bemerkung.

Als Brit ihr ein Zeichen machte, daß sie nichts gefunden hatte, reichte Joyce mir meine Kleidung und deutete auf die Ecke beim Fernseher. „Stell dich hier hin. Wir müssen das Zimmer untersuchen.“

Sie hatten tatsächlich an alles gedacht. „Ihr seid wirklich gründlich“, gab ich mit widerstrebender Bewunderung zu.

Wegen der spärlichen Möblierung nahm die Suche nach Versteckmöglichkeiten wenig Zeit in Anspruch. Statt einer Garderobe gab es eine Nische mit Drahtbügeln hinter einem Vorhang und statt Kommode ein offenes Regal. Selbst im Bad gab es kein Schränkchen, nur ein wackliges kleines Regal war neben dem Waschbecken an die Wand geschraubt.

„Ich habe die Absicht, noch ein bißchen zu schlafen.“ Ich deutete auf das abgezogene Bett und die hochgeklappte Matratze. Joyce zog gerade das Kopfkissen ab. „Du hast ohnehin nur ein paar Stunden“, sagte sie wenig mitfühlend.

Fünf Minuten später waren sie fertig. An der Tür hielt Joyce inne, und zum erstenmal blickte sie mich taxierend an.

„Du hast einen schönen Körper“, sagte sie anerkennend. „Gefällt mir.“

„Danke“, sagte ich, „ich meine...“

8

Ich erwachte zu einer unchristlichen Zeit, weil Brit an die Tür hämmerte und rief, daß wir in vierzig Minuten zum Flughafen führen. Ich duschte hastig und wusch mich mit dem winzigen Seifenstück. Die Mücke hatte ich schließlich doch noch gekriegt, aber da hatte sie mir bereits etliche juckende Stiche verpaßt. Zum Glück hatte ich Medikamente mitgenommen, die ich tief im tropischen Busch brauchen könnte, und eine große Tube Heilsalbe eingesteckt zur Linderung der ärgsten Hautprobleme.

Angezogen und in Rekordzeit gepackt, machte ich mir die restlichen Minuten am Radiowecker zu schaffen und bekam tatsächlich die Nachrichten herein.

Norberts Flucht war inzwischen weltweit ein Thema, da der junge Psychiater, dem er eins übergebraten hatte – Joyce hatte recht gehabt, er hatte eine tödliche Gehirnblutung erlitten –, sich als Sohn eines beliebten Charakterdarstellers erwies, der durch viele Filmrollen berühmt geworden war.

Am Ende der Nachrichten wußte ich, daß mein „Bruder“ nicht allein auf der Flucht war. Nellie Banks, eine der Frauen, die bei der Verhandlung seine Fangruppe gebildet hatten, war die ganze Zeit seines Weggeschlossenseins mit ihm in Kontakt geblieben. Aus Norberts Sicht war Nellie ein Geschenk des Himmels, da sie nicht nur in ihn verknallt, sondern außerdem eine reiche Witwe war. Nach seiner Flucht aus der Anstalt bot sie ihm sowohl luxuriösen Unterschlupf als auch Zugang zu sehr viel Geld. Von Nellies Standpunkt aus ziemlich romantisch, waren sie und Norbert jetzt auf der Flucht vor dem Gesetz, wobei ihnen beträchtliche finanzielle Mittel behilflich waren. Die Polizei fürchtete, die beiden hätten das Land bereits verlassen und hielten sich inzwischen auf dem Kontinent auf.

Während der Sprecher zum nächsten Thema überleitete, saß ich auf der Bettkante und bekämpfte ein Gefühl der Übelkeit in meinem Magen. Sicher, meine letzte Mahlzeit war Flugzeugkost gewesen, doch diese Übelkeit rührte eher von Norbert Cummins.

Ich redete mir ernsthaft ein, daß das absolut lächerlich war. Er wußte ja nicht, daß die echte Dana in einer schottischen Privatklinik lag, und auch nicht, daß eine falsche Dana in diesem Moment in einem heruntergekommenen Motel in Darwin im entlegenen Australien weilte.

Im entlegenen Australien! Selbst wenn er herausfand, daß Dana angeblich hier steckte und in die Kimberleys aufbräche, warum sollte sich Norbert Cummins mit sowohl der Polizei als auch den Medien auf den Fersen die Mühe machen, um die halbe Welt zu reisen, nur um das letzte übriggebliebene Familienmitglied zu ermorden?

„Norbert", sagte ich vor mich hin, „du mußt verrückt sein, wenn du dieses Risiko eingehst."

Und eine Antwort kam zurück, als nähme Norbert Cummins vor mir Gestalt an und redete durch meinen Mund: *Ist es nicht das, was alle gesagt haben – ich bin ein Psycho, ein Irrer? Glaub mir, ich habe Gründe für alles, was ich tue. Vielleicht verstehst du sie nicht, aber für mich machen sie einwandfrei Sinn.*

Gähnend standen wir noch vor Morgengrauen neben der kleinen Maschine, während unser Gepäck verstaut wurde. Das Flugzeug wirkte viel zu fragil für die über siebenhundert

Kilometer bis zum Rand der Kimberleys. Um mich von der Zerbrechlichkeit des silbernen Vogels abzulenken, prüfte ich, wer anwesend war. Tom fehlte.

„Wo ist Tom?“ fragte ich Konrad, der gerade braune Tüten verteilte, euphemistisch als Frühstückspakete bezeichnet.

Er sah auf mich herab, sein Mund verzog sich zu einem Anflug von Lächeln. „Daß diese Frage von dir kommt, hätte ich mir denken können.“

„Ist das ein Kompliment?“

„Eine harmlose Bemerkung.“ Sich zu den anderen umdrehend, sagte er: „Hört her, Leute. Wir sind jetzt einer weniger. Tom wird nicht mitkommen.“

Das wurde mit Murmeln quittiert. Der lippenlose Vince, wie ich ihn insgeheim nannte, stand mit verschränkten Armen neben mir. „Tom hat die Überprüfung nicht bestanden, stimmt's?“ fragte ich ihn.

Er sah mich nicht an. „Ja.“ Er war ein Mann weniger Worte.

„Womit habt ihr ihn erwischt?“

Vince drehte so langsam den Kopf zu mir, als würde sich ein kleiner Motor einschalten. Das Licht aus der offenen Kabinentür fiel auf sein Gesicht, aber er blinzelte nicht. Seine schwarzen Augen starrten mich an. „Du bist Dana“, sagte er.

„Ja. Und du bist Vince.“ Mein freundliches Lächeln rührte seine versteinerte Miene nicht.

Auch Joyce hatte schwarze Augen, doch manchmal blitzten Intelligenz und Humor darin auf. Sein Starren hatte etwas Roboterhaftes. Zu meiner Erheiterung stellte ich mir vor, Vince sei eigentlich ein Android, und ich müsse nur den richtigen Drücker an der Seite seines Kopfes finden, um ihn aufzuklappen und die blinkenden Lämpchen und elektrischen Drähte darin zu betrachten.

Vince mußte mir angesehen haben, daß ich mich amüsierte, denn er zischte: „Ihr Weiber seid doch alle gleich. Nie könnt ihr irgendwas ernst nehmen.“

Für seinen untersetzten, kräftigen Körper hatte Vince eine erstaunlich dünne Stimme. „Tom hat einen Minirecorder und eine Minikamera versteckt", sagte eine tiefe Stimme hinter mir – eine, die wesentlich besser zu Vince gepaßt hätte als seine eigene. Ich drehte mich zu dem Sprecher um.

Es war Rob mit der Knollennase und dem spitzen Kinn. „Tom wußte, daß Spionagegerät nicht erlaubt war, aber er sagte, er hätt's halt drauf ankommen lassen."

Ich antwortete nicht, aber Rob tat, als hätte ich ihm die Frage gestellt. „Du fragst, warum? Warum so ein Risiko? Tom sagte, er wollte sichergehen. Er glaubte, eine oder zwei Karten im Ärmel zu haben."

Daraufhin grinste Vince zufrieden. „Als ich mit Tom fertig war", sagte er, „konnte der Typ von Glück reden, daß er überhaupt noch einen Arm für den verdammten Ärmel besaß." Das fand er sichtlich komisch, denn er lächelte unvermittelt und bleckte eine Reihe kleiner regelmäßiger Zähne. Das Lächeln verschwand so abrupt, daß ich fast glaubte, ich hätte es mir nur eingebildet.

Rob, der ebenso groß war wie Vince, hatte eine sehr viel schmalere Statur und Hängeschultern. Doch er ließ sich durch die physische Realität nicht einschüchtern. „Typisch", mokierte er sich. „Brutalos wie du schlagen zu, aber sie denken nicht."

Vince fand das offensichtlich nicht unverschämt, denn er sagte ungerührt: „Ich befolge nur die Anweisung."

„Also, wir gehen jetzt alle an Bord", rief Brit. Sie trug einen Tarnanzug, dessen schmeichelhafter Schnitt ihre tolle Figur betonte. Fergus klemmte sich seine braune Papiertüte unter den Arm und eilte voran, um als erster im Flugzeug zu sein, und ich hörte, wie er Brit fragte: „Kann ich neben dir sitzen?"

„Ich bin ausgemustert", sagte ich zu Rob. „Auf dem Flug von Sydney wollte Fergus noch unbedingt neben *mir* sitzen."

„Nun, *ich* wäre gern in deiner Gesellschaft“, sagte er galant.

Da ich die Absicht hatte, mit allen in Camp E auf gutem Fuß zu stehen, war der Flug eine Gelegenheit, die drei Neuen etwas näher kennenzulernen. Ich würde mit Rob anfangen und sehen, ob ich mich dann zu Patsy setzen konnte. Was Vince anbetraf, zweifelte ich, daß eine Frau jemals auch nur entfernt an ihn herankäme. Doch ich war willens, mich dieser Mühe später zu unterziehen, wenn ich ein bißchen besser in Schuß war.

Das Flugzeug hatte einen schmalen Mittelgang und fünf Reihen mit je zwei Sitzen auf jeder Seite. Rob und ich setzten uns nach hinten, ich überließ ihm den Fensterplatz und setzte mich an den Gang. Das war kein Akt der Höflichkeit, weil ich von Studien wußte, daß auf Fensterplätzen die Überlebenschancen bei Unfällen noch geringer waren. Ich hatte zwar keine Ahnung, ob das auch für so winzige Maschinen wie unsere galt, dachte aber, daß es jedenfalls nicht schaden konnte.

Nun erfolgte allgemeines Papierrascheln, denn alle beugten sich über ihre Frühstückstüten. Da ich keine Entzückensschreie vernahm und keinen Hunger verspürte, interessierte mich meine Tüte nicht.

„Du ißt nicht?“ fragte ich Rob, der seine unter den Sitz gelegt hatte.

Er grinste mich verschwörerisch an. „Kann ich dir etwas anvertrauen?“

„Vielleicht, aber du kennst mich nicht. Vielleicht bin ich ein großes Plappermaul.“

„Ich riskier's trotzdem. Die Sache ist nämlich die, daß ich schon ein Frühstück hatte. Von einem Schnellimbiß namens Speedy Ann. Und es war außerdem ziemlich gut – Eier, Speck, Kaffee, mit allem Drum und Dran.“

„Wie kommst du zu solcher Bevorzugung? Mir hat man kein Frühstück angeboten.“

„Mir auch nicht. Ich bin runter zum Büro geschlichen, wo es ein öffentliches Telefon gibt, da hab' ich ein Taxi gerufen und den Fahrer gebeten, mir von einem Schnellimbiß in der Nähe ein Frühstück zu besorgen. Für ein extra Trinkgeld natürlich."

Ich blickte Rob mit unverhohlener Bewunderung an. „Du bist ja ein richtiger Stratege!"

„Danke."

Es gab keine Flugbegleitung, die kontrollierte, ob wir unsere Sicherheitsgurte angelegt hatten, aber der Pilot, dessen Kanzel nicht von den Passagieren getrennt war, drehte sich in seinem Sitz um und sagte, wir sollten uns anschnallen, und kurz darauf hob die kleine Maschine ab und dröhnte in der Dunkelheit nach Westen.

Ich blickte zu Rob hinüber, der seine Nase ans Fenster drückte, um etwas zu sehen. Hinter uns brach die Morgendämmerung an und ließ die hintere Flügelkante rötlich aufleuchten. Ich rief mir ins Gedächtnis, was ich über Rob wußte. Nationalität: australisch. Alter: Anfang dreißig. Statur: schlaksig. Haare: dunkelbraun, etwas schütter. Augen: dunkel, eher braun. Nase: unvergeßlich.

Das Ärgerliche an einem hervorstechenden Merkmal war, daß es automatisch alle Blicke auf sich lenkte. Bei Robs Beschreibung würde man sich kaum an die langen Ohren, die feine weiße Narbe auf der Stirn, das spitze Kinn erinnern, sondern an seine Nase. Sie war weder knubbelig noch rot oder pockennarbig. Sie war *formlos*. Sobald ich sie sah, war sie für mich die Puttennase, aber ich hätte sie ebensogut Wachsnase oder Tonnase nennen können.

Wäre das meine Nase gewesen, ich hätte sie augenblicklich operieren lassen, aber vielleicht gab Rob nicht soviel auf sein Äußeres. Womöglich war er sogar stolz darauf, dachte ich, weil sie ein Charakteristikum seiner Familie war, von Generation zu Generation durch dominante Gene vererbt.

Rob unterbrach meine abschweifenden Gedanken, indem er sich vom Fenster abwandte und fragte: „Weißt du, wohin die Reise geht?"

„Der Ort heißt Kununurra."

„Nein, ich meine die Region in den Kimberleys?"

Ich schüttelte den Kopf. „Eigentlich nicht."

Theoretisch kannte ich die Gegend sehr gut. Ich rief mir die Kimberleys ins Gedächtnis, eine Region von etwa vierhunderttausend Quadratkilometern wilder Landschaft. Die Nord- und Westseite begrenzte die zerklüftete Küste, wo der Ozean seit Urzeiten Myriaden von Buchten und Meeresarmen gebildet hatte. Viele dieser Wasserläufe waren unzugänglich und verborgen, von Seevögeln und gefährlichen Salzwasserkrokodilen bevölkert.

Die Südseite markierte der Great Northern Highway mit der Stadt Broome in der linken unteren Ecke, die für ihre Perlenfischerei berühmt geworden war. Südlich davon erstreckte sich die endlose Wüste Great Sandy Desert.

Unsere Maschine näherte sich der Ostseite, die wie die Südseite vom Great Northern Highway begrenzt wurde, der sich nach Norden am kleinen Halls Creek entlangschlängelte. Rechterhand oben befand sich der Ort Wyndham und südlich davon unser Ziel Kununurra.

Unser Flugzeug dröhnte vorwärts, der Motorenlärm war beruhigend. Der Himmel wurde hell, es war Tag. Vorn in der Kabine redete Fergus pausenlos auf Brit ein, und manchmal hörte ich seine Worte: „Hab' ich dir schon erzählt, wie..."

Konrad ging durch den schmalen Mittelgang und verteilte Getränke – Wasser, Orangensaft oder Gingerale standen zur Auswahl.

„Keine Cola? Ich brauche einen Schuß Coffein."

Konrads breiter Mund verzog sich zu einem richtigen Lächeln. „Tut mir leid, Dana, Süchtige werden hier nicht bedient."

Schmollend nahm ich ein Päckchen Orangensaft. Von meinem Sitz aus sah ich praktisch in Konrads Nasenlöcher und verglich seinen Boxerzinken mit Robs amorphem Kolben und fand, daß Konrads Nase vorzuziehen war, weil sie zwar unschön, doch immerhin verwegen war.

Meine Fixierung auf Riechorgane nahm wirklich überhand, entschied ich und konzentrierte mich auf eine oberflächliche Unterhaltung mit Rob. Niemand von uns sagte etwas Wesentliches, und beide vermieden wir alles Persönliche.

Nachdem wir etwa zwei Stunden geflogen waren, kam Brit mit ihrem strahlenden Lächeln durch den Gang. „Hört mal her, ich bitte euch jetzt, die Plätze zu tauschen. Da wir in Camp E zusammenarbeiten werden, dürfte es für uns alle von Vorteil sein, wenn sich die Gruppenmitglieder kennenlernen."

„Auf diese Idee bist du nur gekommen, weil du Fergus loswerden willst, stimmt's?" fragte ich Brit, die auf meiner Höhe stand.

Sie errötete leicht, widersprach aber entschieden: „Natürlich nicht, Dana. Das ist so üblich. Managementpraxis."

„Ach ja? Dann bin ich dafür."

Ich griff nach meiner braunen Tüte und setzte mich neben Patsy. „Hallo, ich bin Dana."

„Ja, ich habe gestern nacht deinen Namen gehört. Und wenn du aufgepaßt hast, weißt du, daß ich Patsy heiße."

Von nahem war sie älter, als ich gedacht hatte, vielleicht Anfang fünfzig. Ihr Haar wurde grau, und ihr Gesicht war von kleinen Fältchen durchzogen. Sie war nicht gerade dick, aber vollschlank, großbusig, mit Grübchen an den Ellbogen. Gestern nacht hatte ich sie energisch und herzlich gefunden, doch jetzt zweifelte ich bei ihrem scharfen Ton, ob mein erster Eindruck stimmte.

„Warst du schon mal in den Kimberleys?" fragte sie, während sie bedächtig eine große Banane schälte, die sie aus ihrer umfangreichen blumengemusterten Tasche hervorgeholt hatte. Patsy verließ sich offenbar nicht darauf, hinreichend verköstigt zu werden.

„Nein, nie", antwortete ich und schaute trübselig in meine Tüte. Sie enthielt einen Müsliriegel, ein Tütchen mit getrockneten Aprikosen, eine Scheibe Rosinenkuchen in Cellophan und einen ziemlich verschrumpelten Apfel. Womit sollte ich anfangen?

„Mein Mann Des und ich sind vor drei Jahren mal dort gewesen. Das war natürlich noch vor seinem Krebs. Es war sehr schön, allerdings sind wir nicht vom Trampelpfad abgewichen, sondern haben uns in den erprobten Bahnen bewegt. Wenn du weißt, was ich meine." Sie fuchtelte mit der Banane herum, die mich unweigerlich an einen gelben Penis erinnerte. „Ich schätze, diesmal werde ich die *richtigen* Kimberleys sehen, persönlich und aus der Nähe." Patsy verschlang die Banane mit raschen großen Bissen und kaute nachdenklich. „Des und ich waren in der Trockenzeit hier. Jetzt ist noch Regenzeit, weißt du, da sind die Bedingungen nicht so ideal."

Durch meine Vorbereitung wußte ich, daß es nur zwei Jahreszeiten in den Kimberleys gab. Trocken- und Regenzeit. In der Regenzeit lief das Wasser tatsächlich von Oktober bis Anfang März in Strömen, ließ Wasserfälle herabstürzen, Flüsse über die Ufer treten, unasphaltierte Straßen zu Schlammlöchern werden. Die Trockenzeit von April bis September wäre mir lieber gewesen, hätte ich die Wahl gehabt. Warme bis heiße Tage, frische, kühle Nächte, kein Regen.

„Was ist deine Spezialität?" fragte Patsy und steckte sich den Rest der Banane in den Mund.

Vermutlich meinte sie mein Interessengebiet, was radikale Aktionen anbetraf, deshalb sagte ich: „Breites Spektrum, eigentlich."

Sie schluckte, stopfte die Bananenschale in einen Plastikbehälter, fischte in ihrer Tasche und förderte eine große Tüte Studentenfutter zutage. „Tatsächlich? Ich dachte immer, es sei besser, sich auf ein Gebiet zu konzentrieren."

„Und was ist dein Gebiet?"

Tiefer Abscheu verzerrte ihre wenig bemerkenswerten Züge. „Die sogenannten wissenschaftlichen Fortschritte", erklärte sie. „Stammzellen, Klonen, Gott spielen mit Genmanipulation. Dies ganze Frankensteinzeug. Das muß gestoppt werden, um jeden Preis."

Plötzlich stach sie mit dem Zeigefinger auf mich ein. „Was hältst du von medizinischen Experimenten? Die Ethik ist voll den Bach runtergegangen. Stimmt's?"

„Oh, absolut."

Patsy lehnte sich in ihrem Sitz zurück. „Man hat mich überreden wollen, etwas Neues an Des auszuprobieren. Experimentelle Krebsbehandlung. Es ging ihm schlecht. Ich sagte zu den Ärzten: Machen Sie mir nichts vor. Ist das radikales Frankensteinzeug?" Ihre Lippen verzogen sich vor Wut. „Sie konnten mir keine ehrliche Antwort geben, und da sagte ich: Lassen Sie die Finger von Des. Er ist hier nicht Ihr Versuchskaninchen."

„Und was meinte Des dazu?"

Patsy runzelte die Stirn. „Des? Er war natürlich meiner Meinung." Sie riß die Tüte auf, kippte sich eine ordentliche Portion Studentenfutter in die Hand und warf sie sich in den Mund. Nuschelnd fügte sie hinzu: „Des starb ein paar Monate später, aber er hatte die Genugtuung zu wissen, daß er keinen Anteil an irgendeiner radikalen gottlosen Lebensweise hatte."

„Das muß ihm ein Trost gewesen sein."

Patsy musterte mich rasch, aber mein mitfühlender Ausdruck überzeugte sie, daß ich mich nicht über sie mokierte, und so sagte sie kopfnickend: „Das war es. Ein großer Trost für uns beide." Sie vertilgte noch eine Handvoll Studentenfutter, ehe sie sagte: „Ich hab' ihn gekriegt, den Professor Potter. Den, der mit Des herumexperimentieren wollte. Das war eine echte Genugtuung."

„Ihn gekriegt?"

Patsy grinste übers ganze Gesicht. „Vor dem Potter-Institut für Krebsforschung in einer Regennacht in Melbourne ein paar Wochen nachdem Des gestorben war. Ich hatte ihn beobachtet und kannte seine Gewohnheiten. Ich wartete mit laufendem Motor, bis er die Straße überquerte, trat aufs Gas und *wumm!*" Sie beugte sich über ihre Blumenmustertasche und zog eine silberne Thermosflasche hervor. Jede nach Koffein lechzende Zelle meines Körpers schrie: *Das ist nicht fair!* Während Patsy sich dampfenden Kaffee in den von der Flasche geschraubten Becher goß und einen Schluck trank. „Aah!" sagte sie. „Das ist jetzt genau richtig."

Meine Stielaugen abwendend, fragte ich: „Also hast du diesen Prof umgebracht?"

„Aber nein." Patsy lächelte bei dem Gedanken. „Potter ist jetzt querschnittsgelähmt." Und dann fügte sie böse hinzu: „Ich würde sagen, er denkt, daß seine Embryonenforschung ihm ein neues Rückgrat wachsen lassen wird. Da hat er beste Chancen!"

„Da hast du aber was riskiert", sagte ich.

„Das Risiko war nicht groß. Ich hatte es bis ins Detail geplant. Ich hab' ihn nicht frontal angefahren – dann hätte es ihn ja in die Windschutzscheibe geschleudert –, sondern seitlich erwischt. Dann bin ich nach Hause, hab' den Wagen gewaschen, um eventuelle Blutspuren zu beseitigen, danach bin ich unten an der Straße frontal auf einen Baum gefahren." Sie schnaubte vor Lachen. „Die Vollkaskoversicherung kam für das Ganze auf. Das ist doch ein echter Witz, oder?"

„Das ist wirklich ein Coup", antwortete ich, wobei mir gar nicht nach Lachen zumute war.

„Aber das ist noch gar nicht das Beste daran“, sagte Patsy. „Sobald ich diesen Kurs hinter mir habe, fliege ich nach Melbourne zurück und lasse das ganze verdammte Institut hochgehen. *Das* wird dann ein richtiger Coup, was?“

9

Als wir in Kununurra, dem größten Flughafen dieser Gegend, landeten, hatte ich meine Frühstückstüte geleert und dabei mehr über Fergus erfahren, als mir lieb war, und über die Einflüsse, die ihn dazu getrieben hatten, Anarchist zu werden.

Es war mir nicht erspart geblieben, denn als Brit zum nächsten Plätzetausch aufrief, blieb mir nur der einzige freie Sitz neben Fergus. Ich wollte es unbedingt vermeiden und sah mich nach dem Platz um, der Tom zugedacht gewesen war, aber Mokhtar hatte sich über zwei Sitze ausgestreckt und schlief. So blieb mir nichts anderes übrig, als entweder neben Fergus oder auf dem Boden im Gang zu sitzen. Als Fergus bei seiner Zeit in der U.S.-Armee und den philosophischen Erkenntnissen, zu denen er dort gelangt war, ankam, wußte ich, daß der Boden die bessere Entscheidung gewesen wäre. Selbst der enge Gepäckraum wäre ihm vorzuziehen gewesen.

Aber einen positiven Punkt gab es doch: Ich kam dahinter, wieso mir Fergus anfangs so bekannt erschienen war. „Ich hatte in L.A. eine Karriere beim Fernsehen“, vertraute er mir an.

„Tatsächlich?“

„Ich habe in einem Werbefilm für den Tourismus mitgespielt. Der wurde nicht nur in den Staaten, sondern auch in

Übersee gezeigt, vielleicht hast du mich darin gesehen. Ich war der rauhe, männliche Geist des Westens."

„Ich erinnere mich daran", antwortete ich zu seiner Freude. Ich verschwieg, daß ich mich vor allem daran erinnerte, weil er so erbärmlich schlecht gewesen war, daß man sich in Australien in den Comedyshows darüber lustig gemacht hatte.

„Aber ansonsten hab' ich dich nicht gesehen", sagte ich.

Fergus blickte finster drein. „Damit war ich festgelegt. Bei jedem Casting sah man mich als den Geist des Westens. So was passiert den Besten von uns. Meine Karriere war vorbei, bevor sie richtig begann."

Bei der Landung regnete es in Strömen, die heiße Waschküchenluft, die uns empfing, warnte uns vor dem, was uns im Busch erwartete.

Das Motel, zu dem man uns brachte, war eine Klasse besser als das in Darwin. Es lag an einer bezaubernden Straße mit Palmen auf dem Mittelstreifen und bestand aus einer Reihe niedriger Häuschen mit rotem Zinkdach, großzügigen Veranden und Deckenventilator in jedem Zimmer.

Ich wäre gern ein wenig herumgestrolcht, allein schon um das klaustrophobische Gefühl nach der Enge in dem kleinen Flugzeug zu überwinden, aber wir durften uns nicht wegbewegen. Wir hatten Doppelzimmer – ich teilte meins mit Patsy –, und man sagte uns, daß wir im Speisesaal des Motels gemeinsam essen würden, Ausnahmen waren nicht gestattet.

Ich war mir zwar sicher, daß ASIO wußte, wo ich mich befand, schließlich brauchten sie nur einen Blick auf den Flugplan der Chartergesellschaft zu werfen, um das Ziel unserer Gruppe zu erfahren, dennoch mußte ich unbedingt Livia anrufen, um ihr die bisher gesammelten Informationen über die Mitarbeiterinnen und Mitarbeiter von Edification durchzugeben – plus der Details über Patsy und Fergus.

Man hatte uns ausdrücklich angewiesen, keine Mobiltelefone mitzubringen, und falls sich jemand über diese Anweisung hinweggesetzt hatte, war ich sicher, daß man es ihm oder ihr in Darwin abgenommen hatte. Also blieb mir nur das Zimmertelefon. Versuchsweise nahm ich den Hörer ab, sobald Patsy im Bad verschwand. Ich wählte die angegebene Nummer, bekam aber kein Freizeichen, deshalb rief ich die Rezeption an, um herauszufinden, warum nicht. Man informierte mich, daß TrekTrak für ihre Reisegruppe keine Leitung freigegeben hatte.

Während ich den Hörer auflegte, dachte ich, daß das vielleicht ganz gut war, denn Edification hätte ja leicht überprüfen können, ob ich jemanden angerufen hatte. Auch wenn die von mir angerufene Nummer direkt nach dem Gespräch außer Betrieb gesetzt würde, verdächtig wäre das allemal, und das wollte ich um jeden Preis vermeiden.

„Wen wolltest du anrufen?" erkundigte sich Patsy, die aus dem Bad kam.

„Den Pizzaservice. Ich sterbe vor Hunger. Aber es funktioniert nicht – Edification hat die Leitungen blockieren lassen, wir können nicht rausrufen."

Patsy grunzte mitleidlos. „Mach's wie ich. Ohne eigenen Vorrat an Essen und Trinken gehe ich nirgendwohin."

Als wir uns zum Essen begaben, hatte ich einen wahren Bärenhunger. Der Speisesaal war mit Rattansesseln und Glastischen möbliert, und die allgegenwärtigen Deckenventilatoren drehten sich langsam. Wir saßen zu viert am Tisch, an meinem befanden sich Mokhtar, Brit und ein Mann, den ich noch nicht gesehen hatte.

Gegensätzlicher hätten die zwei Männer nicht sein können. Mokhtar war schmal, dieser Typ stämmig. Mokhtar hatte dunkle Haut, feine Züge, dunkles Haar, dunkle Augen; der Fremde hatte weißblondes Haar und eine helle Haut, rot pellten sich Nase und Wangen. Er hatte grobe Züge, als hätte man ihn bei der abschließenden Feinarbeit übergangen. Ich sah, daß sich seine sommersprossigen Handrücken schälten.

Brit strahlte uns mit ihren perlweißen Jacketkronen an. „Dana, Mokhtar, dies ist Gary. Gary – Dana, Mokhtar."

Wir alle murmelten einen höflichen Gruß, dann sagte Brit: „Gary und Aaron fahren ab hier mit uns die Sechzehn-Stunden-Tour im Geländewagen."

Mit Schrecken stellte ich mir eine sechzehnstündige Fahrt über Stock und Stein im Geländewagen vor. Mokhtar interessierte etwas ganz anderes. „Aaron ist ein jüdischer Name. Ist dieser Mann ein Jude?"

Verdutzt antwortete Brit: „Ich weiß nicht. Spielt das eine Rolle?"

„Allerdings."

„Du bist Antisemit, Kumpel", bemerkte Gary in knödelndem Ton. „Tja, da hast du Pech. Aaron ist Jude."

Mokhtar streckte die Schultern und starrte Gary mit brennender Intensität an. „Ich kann nicht mit dieser Person in einem Auto sitzen."

„Keine Sorge. Wir haben drei Geländewagen."

Daraufhin entspannte sich Mokhtar ein wenig, und ich warf ein: „Du lieber Himmel, Mokhtar, die Hälfte von uns könnte jüdisch sein, ohne daß du es jemals erführst."

Er kniff die feingeschwungenen Brauen zusammen und blickte Gary an, der abwehrend die Hand hob. „Nein, Kumpel, mehr Konzessionen machen wir nicht. Du kannst mitfahren, wo du willst, aber das ist es auch. Wenn du Juden nicht magst, hast du Pech gehabt. Du kannst hier aussteigen, wenn das zum Problem wird."

Mokhtar griff nach der Speisekarte, schlug sie auf und vertiefte sich darin. Gary beugte sich vor und nahm ihm die Karte aus der Hand. „Also? Ich muß wissen, ob das ein Problem ist, mit dem du nicht umgehen kannst."

Mit hartem Gesicht beobachtete Brit die beiden aufmerksam. In Momenten wie diesem sah ich das Stählerne unter der strahlenden Oberfläche.

„Ich kann damit umgehen."

„Gut", sagte Gary und gab ihm die Karte zurück. „Da wir das nun geklärt haben, können wir ja bestellen."

Ich schlief sehr gut, obwohl sich Patsy als heftige Schnarcherin erwies und mich mindestens zweimal durch ohrenbetäubendes Sägen weckte. Beim Wiedereinschlafen dachte ich noch, was für eine Ironie es wäre, wenn Patsy im Schlaf erstickte, ehe sie die Gelegenheit hätte, das Potter-Institut hochgehen zu lassen.

Bei Sonnenaufgang, als man uns gestiefelt und gespornt erwartete, lebte sie noch. Wie sich herausstellte, war sie ein Morgenmuffel und grunzte nur, als ich mich höflich erkundigte, wie sie geschlafen hatte.

Da ritt mich der Teufel, ich konnte dem Impuls nicht widerstehen und sagte zu ihr: „Weißt du, ich an deiner Stelle würde mal dieses Schnarchen behandeln lassen. Das führt zu Sauerstoffmangel im Gehirn, und das soll ziemlich schädlich sein."

„Was?"

„Sowas kommt häufig vor, besonders wenn man auf dem Rücken schläft wie du."

„Ich hab' sowas nicht."

„Doch, das hast du, du weißt es bloß nicht, weil du schläfst."

Patsy knallte die Badezimmertür hinter sich zu, womit das Thema für sie offensichtlich erledigt war.

Die drei Toyota-Geländewagen hatten Dieselmotoren und waren so verdreckt, daß man sich die schwierigen Bedingungen vorstellen konnte. Brit, effizient wie immer, wies uns allen nacheinander die Fahrzeuge zu, in denen wir die erste

Etappe zurücklegen sollten. Mich steckte sie mit Vince und Rob in den ersten, Aaron fuhr; Fergus und Patsy bekamen den zweiten mit Gary als Fahrer; Brit, Joyce und Mokhtar den dritten mit Konrad am Steuer.

„Dies ist der einzig wahre Fahrzeugtyp in diesem Gelände“, sagte Aaron, ein braungebrannter handfester Typ mit schweren Augenlidern und einer Zigarette im Mundwinkel. In seinem schleppenden Tonfall fuhr er fort: „Es ist das beliebteste Fahrzeug hier im Outback.“ Er gab seinem Wagen einen liebevollen Klaps auf die Seite. „Fährt dich durch die Hölle und wieder zurück.“

Er blickte in den stahlgrauen Himmel, der jeden Moment seine Schleusen zu öffnen drohte, und sagte: „Hoffentlich könnt ihr gut mit der Schaufel umgehen. Sieht aus, als müßten wir uns heute öfter mal ausbuddeln.“

„Ist das dein Ernst?“ fragte Rob, dem der Gedanke, im Morast herumzuwaten, nicht zu gefallen schien.

Aaron gluckste. „Todernst“, sagte er. „Wenn du nicht knietief im Schlamm gestanden hast, die Schulter gegen den Toyota gepreßt, um ihn aus dem Dreck zu schieben, hast du nicht gelebt, Mann.“

Ich hatte mir blitzschnell den Vordersitz geangelt, worüber Vince stocksauer war. „Du setzt dich besser nach hinten“, sagte er und öffnete, um seinen Worten Nachdruck zu verleihen, die Tür, die ich gerade geschlossen hatte. „Das hier ist nämlich mein Platz.“

Aaron schwang sich hinter das Lenkrad und sagte: „Wer zuerst kommt, mahlt zuerst, Vince, alter Knabe. Du kannst es dir hinten bequem machen, das wird dir gut tun.“ Und zu mir sagte er: „Du bleibst sitzen, Dana. Laß dich bloß nicht von ihm einschüchtern.“

Vince' Gesicht war versteinert. „Steigst du jetzt aus?“

„Nein.“

Er knallte die Beifahrertür mit voller Wucht zu und setzte sich hinter mir auf den Rücksitz. Rob, der sich bereits angeschnallt hatte, bemerkte, daß das Gewicht ohnehin besser auf die Hinterachse verlagert würde und Vince ihm ziemlich schwer vorkäme. Aaron und ich grinsten. Ich konnte Vince' Gesicht nicht sehen, zweifelte aber, daß er ebenfalls grinste.

Unser Toyota an der Spitze setzte sich der Konvoi in Bewegung und bog vom Parkplatz in die Gibb River Road. Aaron erklärte uns fröhlich die Route, die ich auf der Landkarte vor meinem inneren Auge verfolgte.

Die unasphaltierte Gibb River Road verlief diagonal durch das ganze Gebiet und endete in Derby am King Sound. Wir würden etwa das erste Drittel der Straße folgen und dann auf die Kalumburu Road wechseln, die nach Norden zum Ort Kalumburu am Meer führte. Aber so weit wollten wir nicht, etwa hundertsiebzig Kilometer nördlich der Abzweigung von der Gibb River Road würden wir auf den Mitchell Plateau Track nach Westen biegen.

Jetzt wußte ich zumindest rudimentär, wo sich Camp E befand. Ich schloß die Augen und stellte mir die Gegend vor. Der Mitchell River Nationalpark lag in einer der unzugänglichsten und abgelegensten Landschaften Australiens. Die Ausläufer des Mitchell Plateaus bildeten Sandsteinschluchten, es war von Flüssen und Strömen durchschnitten. Es wimmelte dort von wilden Tieren wie Kreuzottern und Giftschlangen.

„Werden wir heute das Camp erreichen?" fragte Rob. „Brit sagte etwas von sechzehn Stunden."

„Das ist verdammt unwahrscheinlich!" feixte Aaron. „Brit war wohl etwas optimistisch. Zwei Tage werden wir schon brauchen, vielleicht auch mehr, wenn es die Straße ausgewaschen hat."

Am Ende lag Brit in ihrer Gesamtreisezeit doch nicht völlig daneben, obwohl die Gibb River Road partiell in schlechtem Zustand war. Die Nacht verbrachten wir in einem ziemlich primitiven Gasthaus, das in besseren Tagen eine Reihe kleiner Hütten gebaut hatte, die es vermietete. Sie waren inzwischen heruntergekommen und undicht, doch nach dem Rumpeln und Schütteln den ganzen Tag waren sie himmlisch.

Am anderen Tag ging das Geschüttel erst richtig los, und da ich auf dem Rücksitz saß, denn Vince hatte den Vordersitz ergattert, warf es mich noch mehr herum als gestern. Zu allem Unglück goß es auch noch in Strömen. Erstaunlicherweise blieb keiner unserer Geländewagen stecken, was sowohl den Wagen wie den Fahrern zu verdanken war, und wir kamen gut voran.

Erst als wir uns auf dem Mitchell Plateau Track befanden, wurden die Straßenverhältnisse wirklich mörderisch. Die Piste war teilweise weggespült, und wir mußten mehrmals aussteigen und das eine oder andere Fahrzeug aus dem Schlamm schieben. Als wir diese Straße verließen, hatte der Regen aufgehört. Nun befanden wir uns in unberührtem Buschland, aber Aaron wußte genau, wohin er fuhr.

Durchnäßt, verdreckt und erschöpft erreichten wir schließlich Camp E, das aus getarnten Zelten bestand, die derart versteckt lagen, daß wir erst mitten im Camp bemerkten, daß wir schon da waren. Unser kleiner Konvoi hielt vor dem größten Zelt, die Motoren wurden abgestellt, wundervolle Stille trat ein.

Als wir mit unterschiedlicher Mühe aus den Fahrzeugen kletterten, kam eine Frau in Shorts und khakifarbenem T-Shirt aus dem Zelt, um uns zu begrüßen. Ich starrte sie an und starrte. Sie war einfach sensationell – langbeinig, mit kastanienbrauner Mähne, einem exotischen Gesicht mit hohen Wangenknochen und einem blendenden Lächeln.

„Hört alle her", rief Brit, gewissenhaft bis zum Schluß, wenn auch verdreckt und verschwitzt und nicht ganz so überschäumend wie zuvor. „Dies ist Siobhan."

Wie erschöpft sich Fergus auch fühlen mochte, er war hingerissen. „Wie war noch mal der Name?"

„Siobhan."

„She-born? Sher-vorn? Sag ich das richtig?"

„Es liegt irgendwo dazwischen."

Stirnrunzelnd fragte Fergus: „Was für ein Name ist das?"

„Ein irischer."

Er nickte weise. „Aha, ich verstehe", sagte er, doch ihr Lächeln verriet, daß sie das stark bezweifelte.

10

Wir duschten alle nacheinander, die Buschdusche bestand aus einer Zeltplankabine mit Holzplanke auf dem Boden und oben drüber eine Wassertonne. Wenn man am Strick zog, floß Wasser herab und stoppte, wenn man losließ. Man sollte sich naßmachen, dann ohne Wasser einseifen und abduschen. Zumindest war das Wasser nicht knapp. Der Regen hatte zwar aufgehört, doch es donnerte über uns, und die Wolken hingen so tief, daß ich das Gefühl hatte, ich brauchte in meiner Duschkabine nur hinaufzureichen, um sie zu berühren.

Es existierten zwei Duschen nebeneinander, und in der anderen hörte ich jemanden „Oklahoma" singen, falsch, aber laut. Als die vierte Bö vom Hochland herunterpfiff, wickelte ich mein glücklicherweise sehr großes Badelaken um mich, stieg in meine schmutzigen Stiefel, nahm meine Sachen, schlüpfte unter der Türplane durch und die Zeltreihe entlang in meins.

Wir hatten alle ein kleines graugrünes Zelt für uns allein, wobei die Betonung auf *klein* liegt. Brit hatte uns versichert, sie seien vom Feinsten, mit integriertem Fußboden, damit die Kriechtiere nicht hereinkonnten, außerdem würden Gitterplanen für Luftzirkulation sorgen. Als ich mein Gepäck hineingestellt hatte, blieb gerade Platz für eine Campingliege, eine Laterne, eine rote Plastikwaschschüssel, einen Emaillebecher und eine Plastikflasche mit Trageriemen. Aufrechtes Stehen war unmöglich, so daß ich mich beim Anziehen akrobatisch verbiegen mußte.

Ich breitete das Badetuch zum Trocknen über meinen Koffer, rieb mich mit dem Mückenmittel ein und befolgte die Anweisung, den Zelteingang sorgfältig zu verschließen. „Sonst erwarten euch gräßliche Viecher“, hatte Brit mit einer Grimasse erklärt.

Camp E war größer, als ich anfangs gedacht hatte, und außerordentlich gut versteckt. Es lag an einem langgestreckten Felsbuckel, ein kleiner Fluß begrenzte es zur anderen Seite. Die Zelte standen unter großen Bäumen, so daß das Lager aus der Luft praktisch unsichtbar war.

Schrecklicher Hunger trieb mich zum großen Gemeinschaftszelt in der Mitte, dessen Seitenwände hochgerollt werden konnten, um die Brise hereinzulassen. Es wurde bereits dunkel, und die Wände waren heruntergerollt, vielleicht um zu verhindern, daß der Lichtschein Insekten oder irgendwelche Leute, die sich in der Wildnis befanden, anzog.

Im Gemeinschaftszelt standen Klapptische und -bänke. In allen vier Ecken hingen Kerosinlampen, und auf jedem Tisch stand ebenfalls eine, auf einem äußerst einladenden Tisch an der Seite befanden sich zwei Silberkannen, auf der einen stand *Kaffee*, auf der anderen *heißes Wasser*, daneben ein großer Kessel, aus dem es verlockend duftete.

Eine zierliche Frau mit verschlossenem, kleinem Gesicht und anmutigen Bewegungen teilte einen köstlich duftenden Schmortopf aus, und ich reihte mich rasch hinter Mokhtar in die Schlange.

Ich sah mich nach Siobhan um und fragte mich, ob ich sie auf den zweiten Blick noch genauso hinreißend fand. Ich erblickte sie auf der anderen Seite im Gespräch mit Joyce und fand sie zu meiner Freude noch immer absolut umwerfend, auch wenn sie nichts von konventioneller Schönheit hatte. Natürlich konnte es am goldenen, weichen Licht liegen, daß sie so attraktiv wirkte. Ich hoffte, daß es auch für mich schmeichelhaft war.

Denk an deinen Auftrag, schalt ich mich. Aber war es nicht mein Auftrag, so viele Informationen wie möglich zu ergattern? Insofern war es geradezu meine Pflicht, menschliche Beziehungen zu pflegen.

Ich war viel zu weit entfernt, um irgend etwas von dem Gespräch mitzukriegen, beobachtete aber die beiden mit großem Interesse. Da sie kleiner war, blickte Joyce zu Siobhan auf, machte allerdings nicht den Eindruck, als befände sie sich im Nachteil. Ihren Gesichtern entnahm ich, daß es sich um etwas Ernstes handelte, deshalb war ich irritiert, als sie beide in meine Richtung blickten. Ich spürte das bekannte Prickeln der Unruhe im Nacken. War ich das Thema ihres Gesprächs? Und wenn ja, warum?

Geistesabwesend rempelte ich den vor mir stehenden Mokhtar an. Katzengleich wirbelte er herum, einen unterdrückten Fluch, nicht in Englisch, auf den Lippen. Seine Augen funkelten. „Oh, du bist es."

„Entschuldige, ich wollte dich nicht über den Haufen rennen."

Aus dieser Nähe war Mokhtars glatte Haut einfach perfekt, seine schwarzen Augen und das schwarze Haar standen dazu in wunderbarem Kontrast. In physischer Hinsicht war er jedenfalls umwerfend schön.

„Ich mag nicht, wenn man mich anfaßt", sagte er ganz leise, sein Gesicht war dicht vor mir. „Es wäre klug von dir, das zu beherzigen."

„Auch wenn es mir schwerfällt", antwortete ich, „werde ich versuchen, die Finger von dir zu lassen."

„Los, weiter", rief eine hungrige Person und machte unserem Um-die-Wette-Starren ein Ende.

Ein paar Minuten später stand ich mit gefülltem Teller und einem Stück Krustenbrot in den Händen da und sah mich nach einem Sitzplatz um. Vince saß ganz allein am Tisch neben mir, und als er mein Zögern sah, zog er die Mundwinkel herab. „Dieser Tisch ist reserviert", erklärte er, „du mußt dir schon einen anderen suchen."

Ich schenkte ihm mein sonnigstes Lächeln. „Sag bloß nicht, du bist noch immer böse, weil ich gestern vorn saß."

Ich sah es förmlich hinter den wässrigen Augen blitzen, als sein unliebenswürdiger Ausdruck in richtige Bosheit umschlug. „Du bist ja total bescheuert!" spuckte er Gift und Galle.

Über seinen Kopf hinweg bemerkte ich einen freien Tisch am anderen Ende des Zeltes. „Ich würde unser Gespräch gern fortsetzen", sagte ich mit höflichem Bedauern, „aber leider muß ich jetzt gehen."

Auf eine freie Bank zustrebend, dachte ich an die unselige Tatsache, daß, trotz meiner Absicht, mich mit allen gutzustellen, ich bereits zwei Leute gegen mich hatte – Mokhtar und Vince. Ich redete mir ein, daß das durchaus von Vorteil sein könnte, schließlich wäre es verdächtig, wenn ich mit allen Männern auf bestem Fuß stünde.

Ich setzte mich und schnupperte entzückt den Duft meines Schmorbratens. „Du kriegst ja gleich was", beruhigte ich meinen Magen und brach ein Stück Brot ab.

„Dana!" Der Teller wirkte in Fergus' Hand winzig. Seine blonde Augenbraue zuckte fragend hoch. „Darf ich mich zu dir setzen?"

„Natürlich", sagte ich ohne große Begeisterung, aber auch gewiß nicht unfreundlich. Ich konzentrierte mich auf mein Essen, insofern konnte Fergus quasseln, soviel er wollte. Es störte mich nicht.

„Ich habe mich vorhin mit Siobhan unterhalten", sagte er, als er mir gegenübersaß. „Eine tolle Frau." Er schien sich bei ihrem gälischen Namen für Shay-vorn entschieden zu haben.

Ich tunkte mein Brot in die Sauce und steckte es in den Mund. Himmlisch!

„Sie ist Engländerin wie du."

Das Himmlische wich ein bißchen zurück. Bestand die Möglichkeit, daß Siobhan Dana Wright kannte?

„Ich bin keine Engländerin, sondern Australierin", antwortete ich mit meinem antrainierten britischen Akzent.

„Du klingst aber englisch."

„Sicher habe ich dir gesagt", obwohl ich wußte, daß ich's nicht gesagt hatte, „daß ich seit vielen Jahren in England lebe."

Hastig nahm ich einen Mundvoll, bevor Fergus etwas sagen konnte, das mir den Appetit auf dieses unerwartet köstliche Essen verdarb.

„Dann ist dein Bruder ja auch ein Aussie."

„Ja", antwortete ich kurzangebunden. Das war kein Thema, worüber ich reden wollte. In Sydney hatte Fergus schon allzuviel Interesse an meinem „spinnerten Bruder" gezeigt, wie er Norbert nannte, und war sichtlich enttäuscht gewesen, als ich ihm all die gruseligen Details nicht auf die Nase zu binden gedachte.

Da mein Trainer mir unzählige Male eingebleut hatte: „Wenn Sie nicht drüber reden, kann man Sie auch nicht auf etwas festnageln, das Sie gesagt haben", beherzigte ich diesmal seinen Rat und versuchte, alles zu umgehen, was mit Danas Leben in England zu tun hatte.

Trotzdem reizte mich die Frage, ob Fergus neue Informationen hatte. Ich hatte im Motel in Kununurra versucht, die Nachrichten im Fernsehen hereinzukriegen, aber Patsy mußte unbedingt ihre Lieblingssendung sehen, und das waren nicht die Nachrichten. Als ich ihr schließlich die Fernbedienung weggeschnappt hatte, erfuhr ich nichts mehr über die Flucht. Seitdem hatte ich weder ferngesehen noch Radio gehört.

Fergus probierte sein Stew. „Nicht schlecht." Im Nu hatte er seinen vollbeladenen Teller blankgeputzt, dann sah er mich gewinnend an. „Du bist cool, das muß ich dir lassen."

„Bin ich das?"

„Du mußt gehört haben, daß man vermutet, dein Bruder sei auf dem Weg hierher. Wenn er so redet wie du, fällt er auf wie ein buntes Huhn."

Plötzlich schmeckte mir mein Essen nicht mehr so gut. „Hierher? In die Kimberleys?"

Fergus sah mich irritiert an. „Nein, nicht hierher – aber nach Australien, Sydney womöglich. Ich hab's vorgestern abend in den Nachrichten auf CNN gehört. Du etwa nicht?"

Ich verkniff mir eine bissige Antwort und sagte bewußt sanft: „Hätte ich die Nachrichten gesehen, wüßte ich doch schon alles, nicht wahr? Und dem ist nicht so."

„Hm, ja, das stimmt."

„Wirst du mir jetzt erzählen, was los ist?"

„Klar. Die Bullen in Frankreich haben die Frau gefaßt, mit der dein Bruder abgehauen ist. Belle? Nell? Oder so ähnlich."

„Nellie. Nellie Banks."

Fergus nickte zufrieden. „Ja, genau, Nellie. Offenbar hat er ihr die ganze Knete abgezockt und sie dann sitzenlassen. Sie macht natürlich ein großes Bohei und einen Reibach, indem sie ihre Geschichte an die Londoner Blätter verkauft, aber zuerst will sie es ihm heimzahlen und erzählt alles, was sie weiß, haarklein den Bullen."

„Und was weiß sie wirklich über Norberts Pläne?" fragte ich in der Hoffnung, daß er sich mit dem Erzählen beeilen möge.

„Norbert! Die ganze Zeit schon versuche ich, mich an diesen Namen zu erinnern. Weißt du, wenn einem so was auf der Zunge liegt und..."

Fergus kam einfach nicht auf den Punkt. Vielleicht müßte ich ihn am Kragen packen und schütteln, bis seine Zähne klapperten...

Ich fiel ihm streng ins Wort. „Ich würde es wirklich begrüßen, Fergus, wenn du mir sagst, warum alle glauben, daß mein Bruder nach Australien will."

„Diese Nellie sagt, daß er sich auf einer Mission befindet."

Ich hatte das Ergebnis einer solchen bereits gesehen. Ich hatte die einzelnen Tatortfotos vor Augen: ein mit der Axt gespaltener Kopf, ein fast zerstückelter Arm, tiefe Wunden in den Händen seiner Mutter – und überall Blut, Blut, Blut.

Vielleicht verriet mein Gesicht meine Gedanken, denn plötzlich sah mich Fergus tief besorgt an. „Weißt du, wenn ich so darüber nachdenke, hätte ich dir schon eher sagen sollen, was los ist." Seinen Fehler bedauernd, schüttelte er den Kopf. „Ich würde vermuten, daß die Bullen dich inzwischen suchen, um dich zu warnen."

„Mich warnen, wovor denn?" tat ich ahnungslos.

„Diese Nellie hat den Bullen erzählt, dein Bruder hätte sich einen falschen Paß besorgt, und als er von einer deiner Freundinnen in London erfahren hat, daß du nach Sydney geflogen bist, hat er Nellie gesagt, er müsse dir nach. Er sagte, er müsse unbedingt zu Ende bringen, was er begonnen hat, und daß es seine Mission sei, dich umzubringen."

Fergus hielt inne, dann fügte er fast entschuldigend hinzu: „Offenbar war sein genauer Wortlaut: Ich werde sie in kleine Stücke zerhacken."

„Norbert war schon immer ein böser kleiner Junge", erwiderte ich und versuchte zu grinsen. Fergus grinste nicht.

11

„Ich bitte um eure Aufmerksamkeit, Leute!" übertönte Konrad das laute Palaver. „Ich weiß, ihr hattet einen langen Tag, aber Brit muß euch noch ein paar Dinge sagen, und danach werde ich euch die notwendigen Informationen geben, damit hier alles glatt läuft."

Er hatte ein kurzärmeliges Hemd angezogen, und ich starrte fasziniert auf die tätowierte Schlange, die sich, wie ich vermutet hatte, bis oben um seinen Arm schlängelte und die Schwanzspitze um seinen Bizeps wand.

Brit, die mit ihrem frischgewaschenen Haar an eine Shampoowerbung erinnerte, trat neben Konrad und lächelte wie ein Vollprofi. „Bevor ich anfange, möchte ich Corrina für die exzellente Versorgung heute abend danken." Sie deutete auf die junge Frau, die den Schmortopf ausgeteilt hatte. „Corrina und Aaron sind für die Küche verantwortlich und für den alltäglichen Ablauf im Camp. Wenn ihr diesbezüglich irgendwelche Probleme habt, wendet euch bitte an sie."

„Prima Futter", rief ein Mann, den ich noch nicht kannte. Er gehörte zu dieser nichtssagend aussehenden Sorte, die man anschaut und sofort vergißt.

„Dabei fällt mir ein, daß sich ja noch nicht alle kennen", fuhr Brit fort. „Wade, Cliff und Evonne hier sind vor ein paar Tagen aus Broome gekommen und haben sich bereits an das Leben im Camp gewöhnt. Der gerade gesprochen hat, ist Wade." Er verbeugte sich grinsend. „Cliff, wo steckst du?"

„Hier." Ein junger Mann erhob sich errötend. Er hatte feuerrotes Haar, Sommersprossen und ein schüchternes Lächeln.

Brit verdrehte den Hals. „Und Evonne?"

Eine gedrungene Frau mit kurzem Specknacken, den ihre langen Locken zum Teil verdeckten, hob die Hand. „Ich bin hier."

Brit nickte zufrieden. „Gut, Leute, ihr könnt euch alle miteinander bekannt machen, wenn wir eine Kaffeepause einlegen."

Das Wort Kaffeepause war Musik in meinen Ohren, vielleicht würde das Koffein mein Gleichgewicht wiederherstellen, aus dem mich die Nachricht von Norbert auf dem Weg nach Australien geworfen hatte. Ich konnte mir nicht vorstellen, wieso der britische Geheimdienst nichts von dieser Freundin wußte, die Danas Pläne gekannt zu haben schien. Und wenn die mysteriöse Freundin die Pläne kannte, wußte sie vielleicht auch von Edification.

Ich konnte nicht irgnorieren, was mir Fergus erzählt hatte. Die echte Dana wäre jetzt über die Nachricht, gelinde gesagt, besorgt und würde bestimmt mit Konrad oder einem der anderen darüber sprechen wollen.

Ich konzentrierte mich wieder auf Brit, die zum Höhepunkt kam.

„...und so ziehen wir alle am gleichen Strang, um unser Wissen und unsere Fähigkeiten zu erweitern. Eure Nationalität, eure Politik, eure Ethik, all das, woran ihr glaubt, ist hier irrelevant. Wichtig ist, daß wir einander als Menschen respektieren."

Sie machte eine Pause, vielleicht erwartete sie Applaus – der nicht kam –, dann überließ sie Konrad das Wort. Er war sehr viel knapper und pragmatischer, unterrichtete uns über die Regeln im Camp und sagte uns, wie sich unser Tagesablauf gestaltete, außer am Sonntag, den wir nach unserem Gutdünken verbringen konnten, solange wir uns in der Umgebung des Lagers aufhielten. Er riet uns, vorsichtig zu sein, da die Wildnis rauh und gnadenlos sei.

Konrad wiederholte noch einmal die wesentlichen Punkte: Wie wichtig es war, daß wir in dieser Gegend nicht auffielen und keinen Verdacht erregten, also kein weithin sichtbares Licht in der Nacht. Wenn Flugzeuge, Helikopter vor allem, zu hören waren, sollten wir unter den Bäumen bleiben. Und sollte das Unwahrscheinliche eintreffen und wir außerhalb des Camps jemandem begegnen, sollten wir dafür sorgen, daß man uns für Ökotouristen von TrekTrak-Reisen hielt.

Als sich alle in die Kaffeepause aufmachten, ging ich nach vorn, wo Konrad mit Siobhan und Gary sprach. Noch bevor ich die Gruppe erreichte, vertrat mir die Frau mit dem Specknacken den Weg. „Hallo, ich bin Evonne. Ich hab' dich schon mal gesehen."

Mein Magen krampfte sich zusammen. Wo schon mal? Als Denise? Ich konnte nicht glauben, daß ich mich an diese Frau nicht mehr erinnerte, wäre ich ihr schon einmal begegnet. Das einzig Weiche an ihr war ihr Haar, das ihr in unpassenden Schillerlocken auf die kräftigen Schultern fiel.

„Du hast mich schon vorher gesehen?" fragte ich und machte mich darauf gefaßt, eine Geschichte zu meiner Tarnung erfinden zu müssen.

„Ja. Als du im Camp eingetroffen bist. Mensch, sahst du aus – ihr alle –, wie durch den Dreck gezogen. Das war ein echt komischer Anblick."

Mir gelang ein kleines Lächeln vor Erleichterung. Ich mußte mich unbedingt zusammenreißen, diese Neigung, gleich das Schlimmste zu befürchten, ramponierte mein Nervenkostüm

„Benutzt du deinen echten Namen?" Ständig schien sie postwendend eine Antwort zu erwarten.

„Ja – Dana."

Evonne rümpfte die Nase. „Dana, hm? Gefällt mir nicht besonders."

„Aber er paßt zu mir."

„Tja." Evonne musterte mich abschätzig. „Schon möglich." Sie wickelte eine Locke um ihren dicken Zeigefinger. „Ich hab' meinen ganz schnell abgelegt. Blöde Eltern, was die uns so antun."

Ich grunzte undefinierbar, was sie als Zustimmung auffassen konnte. Wie schaffte ich mir bloß diese aufdringliche Trine vom Hals.

„Würdest du's glauben? Sie haben mir Gladys angehängt. Gladys! Dauernd sagten sie: Unsere Glad! Ich hätte sie würgen können."

„Das muß sehr schwierig für dich gewesen sein."

„Schwierig? Wahrscheinlich kannst du dir vorstellen, wie man mich in der Schule aufgezogen hat. Ich hatte die Schnauze voll und hab' mir aus einem Namensbuch Evonne ausgesucht. Paßt doch viel besser zu mir, ich meine als Person, findest du nicht?"

„Ganz entschieden."

„Ich schreibe es mit E, nicht Y. Das macht sich netter."

Ich überlegte mir gerade einen unverschämten Abgang, als mich Joyce erlöste. „Dana, kann ich dich kurz sprechen?" Statt des gewohnten Pferdeschwanzes trug sie die Haare offen, strähnig umrahmten sie ihr schmales, intensives Gesicht.

„Entschuldige mich", sagte ich zu Evonne, die sichtlich enttäuscht war, mein geneigtes Ohr zu verlieren. Gerade als ich mich abwenden wollte, kam mir eine Idee. „Kennst du Fergus schon?" Ich deutete auf ihn. „Er intereessiert sich sehr für Namen."

Wir blickten ihr nach, wie sie sich den Weg zu Fergus bahnte. Joyce lachte. „Na, du bist ja ein ganz schlimmer Finger, weißt du das?"

„Reiner Selbstschutz."

„Kann ich dir einen Kaffee besorgen?" fragte Joyce überschwänglich. „Und vielleicht eine Scheibe Kokosnuß? Schmeckt total gut."

Ich deutete auf Konrad, Siobhan und Gary, die noch immer ins Gespräch vertieft waren. „Eigentlich wollte ich mit Konrad sprechen."

Joyce animierter Gesichtsausdruck erstarb. „Dann will ich dich nicht aufhalten."

Ich spürte, wie sie mir nachstarrte, als ich zwischen den Tischen hindurchging. Ich trat an die drei heran und musterte Siobhan aus den Augenwinkeln; ich fragte mich, ob sie Dana Wright womöglich aus England kannte. Wenn ja, würde ich das sehr bald erfahren

„Entschuldigt, wenn ich euch unterbreche", erklärte ich, „aber ich habe ein kleines Problem."

„Es betrifft deinen Bruder?" fragte Konrad.

Ich muß so verdutzt ausgesehen haben, wie ich war, denn er lächelte verständnisvoll. „Wir wissen, daß er gedroht hat, er würde dich finden. Genau gesagt, reden wir gerade darüber."

„Woher wißt ihr das?"

Gary, dessen helle Haut in diesem Licht noch geröteter wirkte, erklärte: „Patsy und ich waren zwei Tage lang mit Fergus in dem Toyota eingepfercht. Meines Erachtens leidet der Typ an verbalem Durchfall – er quasselt pausenlos über sich selbst. Aber außer seiner Lebensgeschichte hat er uns noch ein paar andere Dinge mitgeteilt – darunter die neuesten Nachrichten über deinen Bruder und seine Absicht, dir nach Australien zu folgen."

Gary hielt inne, dann grinste er listig. „Ich glaube, du hast es ihm angetan, Dana, du glückliche."

Siobhan wandte ein: „Wir sollten das nicht in aller Öffentlichkeit besprechen. Dana, hol dir doch einen Kaffee und komm zu uns rüber ins Verwaltungszelt."

Kein Zeichen des Wiedererkennens in ihrem Gesicht, und sie moserte auch nicht, daß ich störte, diese Sorge war ich also los. Sie hatte einen angenehmen englischen Akzent, und ihre Stimme, hätte ich sie als Farbe beschrieben, wäre ein dunkles Burgunder mit silbernen Tupfen gewesen.

„In Ordnung“, sagte ich und bedauerte, daß Konrad und Gary dabei sein würden. „Bis gleich dann.“

Fünf Minuten später trat ich mit meinem Pappbecher voll Kaffee nach draußen ins Dunkle. Natürlich gab es keine verräterische Lampe hier draußen, so konnte ich im schwachen Schimmer des Gemeinschaftszeltes kaum etwas erkennen.

Nach einer Weile gewöhnten sich meine Augen an die Dunkelheit, und ich bemerkte, daß sich die Wolken verzogen hatten und über uns die Milchstraße funkelte. Da ich meist in der Stadt lebe, hat es mich immer erstaunt, wie hell das Sternenlicht war, wenn es nicht in der exzessiven Illumination der Zivilisation unterging.

Trotz der Millionen leuchtender Sterne stolperte ich, und der heiße Kaffee schwappte über meine Hand. Schließlich fand ich das Verwaltungszelt und schlüpfte durch die Eingangsklappe.

„Komm hier herüber und mach dir's bequem“, sagte Konrad und winkte mich an den Tisch, wo Siobhan, Gary und er saßen.

Es sich bequem zu machen, war gar nicht drin. Statt der Klappbänke gab es Klappstühle mit harten Metallsitzen und Stahlrohrgestell, an dem du dir beim Zusammenklappen die Finger klemmst. Auch die Tische waren Klapptische, die sich einfach und platzsparend transportieren ließen.

Ich setzte mich auf den freien Stuhl, der so unbequem war, wie er aussah. Ich schob ein paar Papiere auf dem vollgepackten Tisch beiseite, um Platz für meinen Kaffeebecher zu machen. Ein rascher Blick überzeugte mich, daß die anderen Tische ebenso bepackt waren, auch auf den beiden Metallschränkchen mit den drei Schubladen stapelte sich Papier, dann gab es noch ein Metallregal für Tassen und Gläser, ein großes Breitbandradio und einen kleinen batteriebetriebenen Fernseher. An den Zeltwänden klebten Terminkalender und Stundenpläne.

In der hinteren Ecke des Zeltes sah ich ein großes Gerät unter einer grauen Plastikplane. Konrad folgte meinem Blick und erklärte: „Ein Notgenerator und ein Funkgerät."

„Keine Computer?" fragte ich.

„Ein paar Laptops und ein Tintenstrahldrucker, so daß wir weiteres Unterrichtsmaterial herstellen können", antwortete Siobhan, „aber die gesamten Kurspapiere liegen hier zum Verteilen bereit." Sie lächelte trübselig. „Würde es dir was ausmachen, ein bißchen Zeit zu opfern und mir zu helfen? Bevor morgen die Kurse beginnen, gibt es noch eine Menge zu sortieren."

Die Möglichkeit, ein wenig Zeit mit Siobhan allein zu verbringen, war ein verlockendes Angebot. „Vielleicht", antwortete ich, „wenn sich die Sache denn lohnt."

Geschäftsmäßig trommelte Gary ungeduldig auf den Tisch. Da bemerkte ich, daß seine Handrücken sich nicht vom Sonnenbrand schälten, wie ich gedacht hatte, sondern eher von irgendeiner Hautkrankheit befallen waren.

„Eines wollen wir klarstellen, Dana", sagte er. „Wir kümmern uns nicht aktiv um Informationen über die Sache mit deinem Bruder, weil wir keinen Kontakt zur Außenwelt herstellen. Das ist zu riskant. Heutzutage kann man alles aufspüren, und abgefangene Botschaften sind schon für viele Gruppen das Ende gewesen. Edification legt es nicht darauf an, dazuzugehören. Deshalb gibt es von uns kein elektronisches Signal, und mit einer Satellitenschüssel fangen wir nur auf, was wir können."

„Und was ist im Notfall?"

„Darum kümmern wir uns persönlich." Licht und Schatten auf Konrads Gesicht mit der gebrochenen Nase ließen es unglaublich finster erscheinen. „Das letztemal ist im Ausbildungslager tatsächlich jemand an einem Schlangenbiß krepiert." Er deutete mit dem Kopf zur Tür. „Da draußen im Busch ist er begraben. Halt einer von den vielen Vermißten, die nie gefunden werden."

Ich scharrte mit den Füßen, in meiner Fantasie sah ich bereits ein Schlangennest unter dem Tisch. „Schlangen sind nicht gerade mein Fall", sagte ich, rasch fügte ich mit einem Blick auf Konrads Tätowierung hinzu: „Dekorativ sind sie ja."

Glucksend tippte er auf seinen Handrücken mit dem flachen Schlangenkopf darauf. „Das ist eine Taipan. Komischerweise ist er von so einer gebissen worden."

„Hattest du das Tattoo schon vorher oder erst danach?"

Konrad starrte mich an, dann warf er lachend den Kopf zurück. „Na, du bist mir eine, Dana."

„Es geht um Norbert Cummins", erinnerte Gary bissig, worauf Konrad sofort ernst wurde und ich daran dachte, daß ich mich wie eine Verfolgte verhalten sollte. Ich wurde ja tatsächlich verfolgt.

Gedämpft erkundigte ich mich: „Ist euch die Geschichte meines Bruders bekannt?"

„Natürlich", antwortete Gary ungeduldig.

Ich verzog unbehaglich die Schultern. „Er ist absolut instabil, aber zu allem fähig und nach außen ein großer Charmeur, er führt fast alle Menschen an der Nase herum."

„Wie der Bruder, so die Schwester?" warf Siobhan ein. Das traf mich wie ein Schlag ins Gesicht. Spielte sie etwa mit mir und wußte, daß ich nicht Dana war?

„Norbert ist geisteskrank – ich bin nur ein bißchen gaga", antwortete ich locker. Dann sehr ernst: „Wenn er es bis nach Australien schafft, kann er mich dann hier aufspüren?"

„Auf keinen Fall." Konrads entschiedener Ton war beruhigend. „Wir haben das TrekTrak-Büro in Sydney geschlossen, und außerdem weiß niemand etwas Genaues, um ihn in diese Richtung zu weisen."

„Das Problem ist“, sagte Siobhan, „daß die Medien die Geschichte ausschlachten, wie es nur geht, sie werden sich wie die Wölfe auf jeden neuen Aspekt stürzen. Wir wollen nicht, daß die Arbeit von Edification irgendwie in den Blickpunkt gerät, und diese allgemeine Berühmtheit führt dazu, daß sich sämtliche Journalisten auf die Story stürzen, überall herumfragen und wühlen, um deinen Verbleib zu eruieren.“

„Möchtest du, daß ich den Kurs quittiere?“

„Keineswegs“, sagte Konrad, „aber wenn er zu Ende ist, müssen wir dich hier rausbringen, und zwar so, daß jeder die aufgenommene Witterung verliert.“

„Mit dem Flugzeug?“

„Eher übers Meer, obwohl da immer die Möglichkeit besteht, auf Boatpeople zu stoßen.“

Ich wußte genau, daß Konrad von illegalen Flüchtlingen sprach. Doch als Dana, die seit vielen Jahren nicht mehr in Australien lebte, mußte mich diese Bemerkung irritieren. Die lange Küste Westaustraliens mit ihren versteckten Buchten und abgeschiedenen Meeresarmen inmitten der Wildnis war für Menschenschmuggler einfach ideal. Ein Großteil der Flüchtlingsschiffe kam aus Indonesien und war als Fischkutter getarnt. Die Küstenwache hatte Tausende von Booten aufgebracht, viele davon aus Südostasien, die versucht hatten, in dieser abgelegenen Gegend Australiens zu landen. Manchmal wurden die Leute von den Schleppern in Stich gelassen, und nur reines Glück und die Wachsamkeit der Grenzschützer bewahrte Hunderte von Ausgesetzten vor dem Untergang in der Wildnis.

Während Gary erklärte, was es mit den Boatpeople auf sich hatte, spielte Konrad mit der Heftmaschine herum. Dann unterbrach er ihn: „Hör mal, Dana braucht keine detaillierte Geschichte der Einwanderung in dieses Land. Konzentrieren wir uns aufs Wesentliche.“

„Und das wäre?“ fragte Gary aggressiv.

„Inzwischen wird Fergus die Geschichte von Danas Bruder im ganzen Camp verbreitet haben. Wir müssen das Thema neutralisieren. Sagen, daß die Sache unter Kontrolle ist, daß die Integrität von Camp E nicht angetastet wird und das Training abläuft wie geplant."

Noch immer wußte ich nicht genau, wer eigentlich das Sagen hatte. Zuerst hätte ich auf Konrad getippt, aber Gary und Siobhan wirkten gleichberechtigt. Ein Triumvirat vielleicht? „Wer ist hier zuständig?" fragte ich. Als mich alle drei ansahen, fuhr ich fort: „Ich meine, an wen soll ich mich wenden, wenn etwas... etwas Wesentliches passiert?"

Himmel, war das schwach, doch offenbar wunderte sich niemand über meine Frage. „An jede oder jeden einzelnen von uns", sagte Konrad. „In Edification sind wir alle gleichberechtig."

„Außer Joyce", erklärte Gary. Er grinste übers ganze Gesicht. „Geh lieber nicht zu Joyce, wenn du ein Problem hast."

„Nein?"

„Joyce hat sich in dich verknallt. In jedem Kurs pickt sie sich eine heraus, um ein bißchen Spaß zu haben, und diesmal scheinst du es zu sein. Wenn ich du wäre, würde ich ihr aus dem Weg gehen."

12

Konrad griff sich einen Papierstapel und sagte brüsk: „Gehen wir besser zurück – alle sind müde, und wir müssen noch das Material für morgen verteilen."

Ich ließ die anderen vorgehen, im Gänsemarsch folgten wir Siobhans Bleistifttaschenlampe, deren rötlicher Kegel vor uns auf der Erde tanzte.

Garys Frotzelei über Joyce hatte eine Frage aufgeworfen, auf die ich noch keine Antwort gefunden hatte. Dana Wrights Sexualität war mir ein Rätsel. In ihrer Studienzeit hatte sie jedenfalls enge Beziehungen mit Männern gehabt, sowie einige intensive Freundschaften mit Frauen, aber nachdem sie sich in radikalen Gruppen voll engagiert hatte, schien Sex für sie keine Rolle mehr zu spielen. In den letzten fünf Jahren hatte sie weder einen festen Freund noch eine feste Freundin gehabt. Zu Anfang meiner Vorbereitung auf diesen Auftrag hatte ich das mit Livia diskutiert, und sie hatte schließlich gesagt: „Lassen Sie es einfach auf sich zukommen, dann sehen Sie ja, was passiert."

„Ich denke, ich werde es halten wie Dana und ohne Sex leben", hatte ich erklärt. Da wollte sich Livia schütteln vor Lachen.

Es war nicht sehr wahrscheinlich, daß Edification Dana Wrights Liebesleben – oder dessen Nichtvorhandensein – überhaupt Aufmerksamkeit gezollt hatte. Sie würden sich nur für Danas politische Gesinnung und politische Aktionen interessieren, und in dieser Hinsicht war Dana über jeden Zweifel erhaben.

Der Geräuschpegel im Gemeinschaftszelt war inzwischen infolge der Erschöpfung von der langen Reise und der enervierenden Hitze in Verbindung mit der extremen Luftfeuchtigkeit beträchtlich gefallen. Nur Evonne schien das alles gar nichts auszumachen, und sie hatte Fergus, dem schon halb die Augen zufielen, total mit Beschlag belegt.

„Wie gesagt, mit meinem ersten Mann hab' ich was mitgemacht, aber mit meinem zweiten war's ein richtiges Desaster. Cyrus hieß er, und da hätte ich hinreichend gewarnt sein können –"

Sie unterbrach sich stirnrunzelnd, als Konrad rief: „Alle mal herhören! Wir müssen noch ein paar Dinge regeln, bevor wir alle zu Bett gehen."

Jetzt fiel mir Garys Warnung ein, und ich schaute mich nach Joyce um. Die starrte mich mit verschränkten Armen distanziert an. Ich versuchte ein freundliches Lächeln, doch sie reagierte nicht.

Womit hatte ich diese kühle Abfuhr verdient? Weil ich ihre Einladung zu Kaffee und Kokosnuß abgelehnt hatte? Aber das begründete doch wohl nicht eine derart negative Reaktion. Dann richtete Joyce ihre Aufmerksamkeit auf Siobhan, die den Papierstapel verteilte. Der Ausdruck auf Joyce' Gesicht veränderte sich nur subtil, doch ich hätte auf tiefe Abneigung geschworen.

Im Geist zog ich eine Augenbraue hoch. Meinte Joyce etwa, sie hätte ein erstes Anrecht auf mich, und fürchtete, Siobhan käme ihr in die Quere? Ich war so müde, daß ich über diesen frivolen Gedanken kichern mußte.

„Na, amüsierst du dich“, fragte Rob mit einem kleinen verunglückten Lächeln. Er war graugrün im Gesicht, selbst seine Nase war bleich.

„Bist du okay?“ Ich schob ihn zur nächsten Bank. „Fehlt dir was?“

„Ich hab' Migräne.“

„Wie furchtbar. Hast du etwas zum Einnehmen dabei?“ Mein Mitleid war nicht geheuchelt. Auch wenn ich selbst noch keine gehabt hatte, wußte ich durch meinen Vater, wie schrecklich das war, manchmal hatte es ihn für Tage schachmatt gesetzt. Dann waren mein Bruder Martin und ich durchs abgedunkelte Haus geschlichen, jedes laute Geräusch vermeidend, das für den Leidenden schier unerträglich war.

Rob blickte mich gequält an. „Ich habe alles mögliche genommen. Was ich jetzt brauche, ist eine Mütze Schlaf.“

Ich nahm seinen Arm. „Komm. Ich bringe dich zu deinem Zelt.“

Abwehrend hob er die Hand. „Nein, Dana. Weicheier

sind hier nicht erwünscht. Ich kann bis zum Ende durchhalten."

Wir bekamen unsere Papiere als letzte. Siobhan reichte mir meine und sagte: „Wenn du morgen mithelfen könntest, die Papiere zusammenzutragen und zu heften, wäre ich dir sehr dankbar."

Da mir so schnell keine flirtende Bemerkung einfiel, sagte ich einfach: „In Ordnung."

Über Siobhans Schulter sah ich Brits Gesicht. Diesmal lächelte sie nicht wie sonst, sie starrte in Siobhans Richtung. Während aus Joyce' Miene Abneigung sprach, wirkte Brits Ausdruck völlig leer. Das kannte ich bei ihr gar nicht und war überrascht und beunruhigt.

Konrads Stimme übertönte das Gemurmel. „Haben jetzt alle ihr Info? Gut, wie ihr seht, ist das die Liste der Themen, die wir in den folgenden Wochen behandeln werden. Wer wann was macht, besprechen wir morgen vor dem Mittagessen, wir treffen uns also Punkt elf Uhr dreißig wieder hier."

„Ein Regiment wie in der verdammten Armee", bemerkte der sofort zu vergessende Wade verächtlich. Ich versuchte, mir sein Gesicht einzuprägen. Aber weder sein Haar noch seine Züge hatten irgend etwas Individuelles. Ich musterte seine Ohren, auch die fand ich nicht bemerkenswert. Wade war der totale Durchschnitt, selbst in Größe und Statur. Der ideale Herr Mustermann für die Werbung.

Konrad ignorierte den Einwurf und fuhr fort: „Morgen nach dem Frühstück werdet ihr mit der Einrichtung hier und der Umgebung vertraut gemacht – auch mit euren individuellen Verantwortlichkeiten. Bitte, blättert zur letzten Seite..."

Allgemeines Papierrascheln folgte, als wir dem nachkamen. Konrad wartete einen Moment, ehe er sagte: „Dieser tägliche Stundenplan informiert euch über die Essenszeiten und den Schulungsbeginn. Nachlässigkeit gibt's bei uns nicht. Wir erwarten, daß ihr pünktlich seid. Keine Entschuldigung, keine Ausnahme."

Rasch überflog ich die Schulungen, es erinnerte mich auf bizarre Weise an Sommerlager für Kinder, wo die Computerfans sich zusammenfanden, die Sportinteressierten, die Naturfreunde und was es sonst noch an Interessengruppen gab. Nur war unser gemeinsames Interesse hier entschieden tödlicher, wir konzentrierten uns auf die Effizienz von Terroranschlägen.

Der Lehrplan war umfassend: einfacher Bombenbau, Bombenbau für Fortgeschrittene, biologische Waffen, Brandstiftung, Ökoterrorismus, Reaktion des Staates auf Terrorismus, Überlebenstechniken, Sicherheit in der elektronischen Welt, Entführung, Zerstörung lebenswichtiger Versorgungsleistungen, effektive Propaganda, Verhörtechniken, Techniken der Tarnung, Taktiken bei Festnahmen, Verhalten bei und Erzeugen von kleinen und großen Aufständen...

„Noch etwas", sagte Konrad. „Vielleicht habt ihr das Gerücht gehört, daß jemand von euch mit Sensationsschlagzeilen in Verbindung gebracht wird." Einige Leute blickten erst mich an, dann Fergus, dessen zufriedener Ausdruck besagte: „Na, was hab' ich euch gesagt."

„Das Gerücht stimmt!" erklärte Konrad unumwunden. „Ich will hier nicht in die Details gehen, doch ich kann euch beruhigen und euch versichern, es ist völlig unmöglich, daß irgendein Polizist, Journalist oder sonst wer in diesem Zusammenhang unser Camp lokalisiert. Kurz gesagt: Was auch immer da draußen passiert, es wird den alltäglichen Ablauf im Camp nicht tangieren. Ihr alle seid hier absolut sicher."

Nach ein paar abschließenden Bemerkungen über die Anlage waren wir entlassen. Vince hatte die Aufgabe, für Ruhe zu sorgen, und tat das gekonnt, indem er alle Bummelanten ins Bett scheuchte.

Der arme Rob mußte nicht erst aufgefordert werden, und

ich half ihm besorgt hinaus. Draußen verteilte Joyce kleine Taschenlampen mit rotem Glas, wie Siobhan sie hatte.

„Vielen Dank, Joyce“, sagte ich so freundlich wie möglich. Da ich schon Vince und Mokhtar gegen mich hatte, wäre es dumm gewesen, mir weitere potentielle Feinde zu schaffen, deshalb wollte ich um jeden Preis mit Joyce klarkommen.

„Gute Nacht, Dana, schlaf gut“, antwortete sie tatsächlich.

„Du auch.“

Gerade eben ging der Mond auf, und obwohl der Himmel sich wieder zuzog, war es hell genug, so daß Rob und ich ohne unsere Taschenlampen unseren Weg zu der Reihe kleiner Zelte fanden. Die wirkten im Mondlicht ganz idyllisch – wie ein gemütliches Kabuff am anderen.

„Meins ist das drittletzte in der Reihe“, sagte Rob mit müder Stimme. „Danke, das schaff' ich allein.“

Die Leute wünschten einander gute Nacht oder begaben sich zu den Toiletten. Wir alle waren nach unserer Ankunft über die wesentlichsten Dingen informiert worden: Wo es gefiltertes Trinkwasser gab, wo wir die Mahlzeiten einnahmen, wo unsere Betten standen, wo sich Duschen und Toiletten befanden.

Ich schlenderte zu meinem Zelt und fragte mich, ob es ein System gab, nach dem die Zelte zugeteilt worden waren. Als Brit die Position unserer Zelte verlesen hatte, hatte ich mir größte Mühe gegeben, mir zu merken, wer sich in welchem Zelt befand.

Es standen neun Zelte in einer Reihe – eins war offensichtlich Tom zugedacht und stand jetzt leer, weil er nicht über das Motel in Darwin hinausgekommen war. Meins befand sich am Ende, gleich beim Küchenzelt, aber am weitesten von den Duschen und Toiletten entfernt. Eineinhalb Meter von meinem Zelt befand sich das freie, dann folgten Wades, Evonnes, Fergus', Cliffs, Robs, Patsys und am anderen Ende der Reihe Mokhtars. Welch ein Glück, daß Fergus und Evonne Nachbarn waren und nicht zu nah bei mir, dachte ich.

In meinem Zelt machte ich meine Lampe an und putzte mit Hilfe meines Bechers und der Wasserflasche, auf der schmalen Pritsche sitzend, meine Zähne. Nie waren mir Waschbecken und fließend Wasser luxuriöser erschienen – selbst das schäbige kleine Bad im Motel in Darwin war im Vergleich hierzu ein Palast gewesen.

Über meinen Pioniergeist grinsend, schlüpfte ich in die Nacht hinaus, um die Toilette aufzusuchen. Wolken fegten über den Mond hinweg, aber es war hell genug, mich zurechtzufinden, obwohl die Vegetation schwarze Schatten warf.

Auf dem Rückweg überkam mich der unwiderstehliche Drang, das Gelände zu erkunden. Alle schienen sich schlafen gelegt zu haben. Kein Licht, auch kein rotes, war zu sehen, nur das Knistern der Blätter unter meinen Wanderstiefeln zu hören und gelegentlich die Geräusche unsichtbarer Tiere, darunter gewiß auch schrecklich großer Insekten mit tödlichem Biß.

Mich auf mein Erinnerungsvermögen verlassend, schlich ich im Camp herum. Es war relativ rechteckig angelegt, die Zeltreihe der LehrgangsteilnehmerInnen auf der Ostseite, gegenüberliegend auf der Westseite die Zelte der AusbilderInnen, die zu meiner Freude ebenso klein waren wie unsere. Auf der Nordseite befanden sich zwei Zelte, das große Gemeinschafts- und Speisezelt und das der Küche. Dahinter lag der einzige feste Bau im Camp – ein Wellblechschuppen aus Fertigteilen, der mit Tarnfarbe gestrichen war. Er war verschlossen. Auf der Rückseite befanden sich die Duschen und in gebührendem Abstand dahinter die Toiletten.

In der Mitte des Rechtecks lag das Verwaltungszelt, und weiter südlich gab es noch zwei größere Zelte, die ich für

Schulungszelte hielt. Als sich der Mond hinter eine mächtige Wolke duckte und es fast völlig dunkel war, untersuchte ich sie.

Gerade als ich in meiner Tasche nach der roten Funzel tastete, sagte hinter mir eine leise Stimme: „Was treibst du hier?"

In einer solchen Situation ging ich automatisch in Angriffsposition, darauf war ich trainiert, aber daß Dana Wright genauso reagierte, war äußerst unwahrscheinlich, deshalb faßte ich mich rasch. „Mein Gott! Du hast mich fast zu Tode erschreckt!"

Ich zog meine Lampe heraus und machte sie an. Das rote Licht beleuchtete Siobhans finstere Miene. Als zitterte mir die Hand, tanzte der Lichtstrahl, und ich bemerkte in ihrer Linken ein schweres Gewehr, dessen Lauf zu Boden gerichtet war. Ich wußte bereits, daß sie Rechtshänderin war, was mich beruhigte – sie hatte nicht vor, mich abzuknallen, jedenfalls nicht im Moment.

An einem Riemen um ihren Hals hing ein leichtes Nachtsichtgerät. Ein Blick darauf verriet mir, daß es sich um ein hochentwickeltes neueres Modell handelte.

Insgeheim verfluchte ich meine Dummheit. Die ganze Zeit hatte ich mir gratuliert, wie gut ich im Dunkeln die Gegend sondierte, während mich Siobhan mit Hilfe einer Technik, die die Nacht zum Tag machte, beobachtete.

„Also? Ich habe gefragt, was du hier treibst."

„Eigentlich schnüffle ich herum", antwortete ich. „Ich war noch nicht müde, deshalb wollte ich mich etwas umsehen."

Sie hob das Gewehr. „Ich hätte dich erschießen können."

„Hättest du das?"

Sie lächelte ein wenig. „Vielleicht."

„Ich habe erklärt, weshalb ich hier bin, aber wieso wanderst du im Dunkeln herum?" fragte ich liebenswürdig und ein ganz klein wenig anzüglich – unter diesen Umständen konnte ich nicht widerstehen.

„Ich halte Nachtwache."

Wieder hätte ich mich irgendwohin treten können. Ich wurde allzu nachlässig, und das machte mir Angst. Automatisch hätte mir in den Sinn kommen müssen, daß Edification wahrscheinlich Nachtwachen aufstellte.

„Das ist wohl ein bißchen paranoid", sagte ich. „Wir befinden uns hier mitten im Nichts."

„Überleben bedeutet übervorsichtig zu sein."

Das konnte sie laut sagen.

Die Wolke über dem Mond zerfranste, und ein schmaler Silberstreif fiel herab. „Ich bringe dich zu deinem Zelt zurück", sagte Siobhan.

Schweigend marschierten wir los, das Geflüster der Nacht hüllte mich verführerisch ein. Sie war fantastisch und wahrscheinlich stockhetero. Schade.

Als wir zu meiner kleinen Behausung kamen, sagte ich locker: „Ich würde dich ja hereinbitten, aber ich schätze, du mußt weiter Wache schieben."

Sie nickte, wandte sich ab und sagte dabei so leise, daß ich es kaum hören konnte: „Ein andermal vielleicht."

13

„Ich bitte um Aufmerksamkeit."

Allmählich erstarb das Palaver beim Frühstück, bis nur noch Patsys Stimme zu hören war: „...nicht was ich ein richtiges Frühstück nenne. Beginne deinen Tag mit Eiern und Speck, sage ich immer."

Ich fand, daß Patsys Stimme ihr durchaus entsprach, erfreulich erfrischend, doch unterschwellig Gift spritzend.

Joyce, die auf die Bank gestiegen war, um von allen gesehen zu werden, sagte mit dünnem Lächeln zu Patsy: „Gut, daß du mich darauf bringst, Patsy."

„Keine Ursache", erwiderte Patsy lässig.

Joyce trug ein langes weites Khakihemd, das für ihren dürren Körper viel zu groß war. Sie ließ den Blick über ihr Publikum schweifen, bevor sie erklärte: „Ihr seid nicht hier, um Gourmets zu werden, sondern Kämpfer."

Das Wort schien ihr zu gefallen, denn ihr hageres Gesicht errötete animiert, als sie wiederholte: „Kämpfer! Kämpfer für eine Sache, von der ihr so überzeugt seid, daß ihr dafür sterben würdet."

„Ich sterbe für nichts und niemanden", erklärte Evonne trotzig und schüttelte ihren schweren Kopf, daß die Ringellocken flogen.

Joyce preßte die Lippen zusammen. In sehr viel moderaterem Ton fuhr sie fort: „Da wir den Generator nur im Notfall benutzen können, weil er zuviel Lärm macht, betreiben wir unseren Kühlschrank mit Propangas. Der Raum ist sehr beschränkt, und einen extra Eisschrank gibt es nicht, deshalb verwenden Corrina und Aaron vorwiegend haltbare Lebensmittel und Dosen. Sie backen jeden Tag frisches Brot im Campofen, sind aber ansonsten in ihren Mitteln, euch zu versorgen, begrenzt. Trotzdem versichere ich euch, daß jede Mahlzeit nahrhaft ist und wir auf individuelle Bedürfnisse Rücksicht nehmen."

„Mir hat mein Frühstück geschmeckt", sagte Cliff beherzt. Als alle ihn anstarrten, schoß ihm das Blut in das sommersprossige Gesicht, und er setzte defensiv hinzu: „Ja, hat es wirklich."

Auch ich hatte an meinem Frühstück nichts zu meckern. Milchpulver im Kaffee fand ich zwar reichlich gewöhnungsbedürftig, aber im Müsli gar nicht so schlecht, und der neben mir sitzende Wade hatte seinen Haferbrei genußvoll in sich hineingelöffelt.

„Ich finde jedenfalls“, sagte Joyce und sah sich herausfordernd um, „daß Corrina und Aaron unter diesen erschwerten Bedingungen hervorragende Arbeit leisten. Solltet ihr daran etwas auszusetzen haben, steht es euch frei, das Kochen zu übernehmen.“

Ich blickte zu Patsy hinüber, deren spöttische Miene etwas Buddhahaftes annahm, wofür ich sie bewunderte. Schon immer fand ich es schwierig, einen gleichzeitig scharfsinnigen und ironischen Eindruck zu machen.

Joyce zeigte auf die große Uhr, die oben an der Zeltwand befestigt war. „Bitte, vergleicht eure Uhren mit unserer hier und stellt sie danach. In genau zwanzig Minuten erwarten wir euch hier wieder.“

„Sieg heil!“ sagte Rob sarkastisch. Er war noch immer sehr blaß, obwohl er beteuerte, daß seine Kopfschmerzen verschwunden seien und es ihm schon viel besser gehe. Da hatte ich meine Zweifel, denn seine Hände hatten so sehr gezittert, daß er kaum einen Mundvoll zum Frühstück gegessen hatte.

Zwanzig Minuten später waren wir alle zurück, und Gary begann seinen Vortrag über die Sicherheit. Sein helles farbloses Haar war vom Duschen noch naß und sein Gesicht rot vom Rasieren. Geistesabwesend kratzte er seinen Handrükken, von dem sich die Haut schälte. „Hier in den Kimberleys lauern viele Gefahren für Leib und Leben – Giftschlangen und Spinnen, heimtückisches Gelände etcetera, aber die größte Gefahr kommt aus einer unerwarteten Ecke.“

Fergus stupste mich mit dem Ellbogen. „Gefahr ist die Würze im Leben, was? Die macht es doch lebenswert.“ Er grinste breit. „Ich zum Beispiel bin ein bißchen gefährlich, in einer aufregenden Weise.“

Ich verbiß mir ein Lachen. „Ach – wirklich?“

Sein Grinsen erstarb. „Schreib mich bloß nicht gleich ab“, sagte er.

Gary vor uns kam jetzt in Fahrt. „Okay, ich möchte, daß ihr auf die Person zeigt, die euch am nächsten sitzt. Schaut ihr direkt in die Augen. Diese Person ist eure größte Gefahr." Er machte eine Pause, um es auf uns wirken zu lassen und den spöttischen Einwürfen Raum zu geben. „Okay, und jetzt dreht eure Hand, so daß der Finger auf euch selbst zeigt. Denkt darüber nach. Es stimmt! *Ihr* seid euch selbst die größte Gefahr."

„Das ist Küchenpsychologie!" rief Mokhtar in vor Zorn schneidendem Ton. „Wenn das das Niveau von Edification ist, gehe ich besser woandershin."

Gary grinste. „Ach ja? Ich kann dir Fakten und Zahlen präsentieren. Die meisten schweren Unfälle passieren durch menschliches Versagen. Durch unnötige Risiken, Unaufmerksamkeit, nachlässigen Umgang mit Waffen –" Er hielt inne und starrte Mokhtar bedeutungsvoll an. „Und zu denken, daß du das alles weißt! *Hybris* nennt man das. Selbstüberhebung, auf deutsch gesagt, übertriebener, gefährlicher Stolz. Möchtest du etwas sagen?"

Mokhtars Gesicht war starr vor unterdrückter Wut, aber er hütete seine Zunge.

Nach einem spannungsgeladenen Moment fuhr Gary fort, als wäre nichts gewesen: „Nun ein paar Worte zu dieser Gegend. Konrad hat ja bereits gesagt, daß ihr vorsichtig sein sollt, während ich euch jetzt rate, Augen im Hinterkopf zu haben. Der Fels, auf dem wir uns befinden, ist Sandstein, herrlich die malerischen Schluchten, weil die Kräfte der Natur sich hineingegraben haben – die Flüsse und Dämpfe und das Tropf, Tropf, Tropf des Regens. Aber das macht ihn auch porös. Der Fels erscheint solide, doch das kann täuschen. Geht nicht zu nah an den Rand der Steilwände – er könnte abbrechen und euch in die Tiefe reißen. Verlaßt euch nicht darauf, daß der Fels, den ihr besteigen wollt, auch hält. Und es gibt viele wundervolle Wasserfälle, die euch zum Nähertreten verlocken. Geht nicht zu nah heran, sonst werdet ihr womöglich auf ziemlich unerwünschte Weise Teil des Ökosystems."

Gary schmunzelte, als einige über diese Bemerkung glucksten. „Okay, noch ein paar Dinge, vor denen ihr euch in acht nehmen solltet. Erstens Schlangen. In Australien gibt es einige der weltweit tödlichsten, aber wenn man weiß, daß sie mehr Angst vor uns haben als wir vor ihnen, ist der Umgang damit nicht so schwer. Greift sie nicht an, versucht nicht, sie in die Enge zu treiben, wenn sie fliehen wollen, steht ihnen nicht im Weg. Leben und leben lassen ist die beste Devise."

„Was ist mit Spinnen?" Angeekelt verzog Evonne das Gesicht. „Gott, ich hasse diese Viecher."

Ich sah die hinter ihr sitzende Brit bei dieser Bemerkung heftig nicken.

„Spinnen, Tausendfüßler, verschiedene Insekten, die beißen – meidet sie", riet Gary. „Schüttelt jeden Morgen eure Schuhe aus. Überprüft die Kleidung, ehe ihr sie anzieht. Faßt nirgendwo hinein, wo eine Spinne oder ähnliches Getier sich verbergen könnte."

Er hob die Hände, als etliche ihn mit Fragen bestürmten. „Später könnt ihr fragen, soviel ihr wollt. Jetzt möchte Vince euch etwas über Krokodile erzählen, und ich rate euch, aufmerksam zuzuhören. Er ist Experte."

Der lippenlose Vince ein Experte? Ich hatte keine hohe Meinung von seiner Intelligenz, deshalb konnte ich das kaum glauben. Ich sah, wie er aufstand, die Arme hingen locker zur Seite, die schwarzen Augen zeigten keine Emotion. Definitiv ein Android.

Vince räusperte sich und begann mit seiner dünnen Stimme: „Camp E liegt näher am Meer, als euch bewußt ist. Der Strom nördlich von uns bildet einen Wasserfall, der über den Fels ins Salzwasser stürzt – in einen Kanal, der direkt ins Meer mündet."

„Können wir fischen gehen?“ fragte Wade.

Zum erstenmal sah ich, daß sich Vince prächtig amüsierte. „Fischen?“ fragte er. „Du selbst wirst der Köder sein, Kumpel!“

„Krokodile“, erklärte Patsy entschieden. „Des und ich, wir haben auf unserer Kimberleytour alles darüber gehört. Gemeine Bestien, die dich einfach in zwei Teile beißen.“

Patsys Bemerkung ignorierend fuhr Vince fort, als verläse er einen unsichtbaren Text: „In Australien gibt es zwei Arten von Krokodilen. Das kleinere Süßwasserkrokodil, auch Johnstonkrokodil genannt, hat ein langes Maul und ist für Menschen harmlos. Fürchten muß man das Salzwasserkrokodil in den Meeresarmen und Flußmündungen im gesamten Norden Australiens. Die ausgewachsenen männlichen Exenplare sind über acht Meter lange Mordmaschinen.“

„Also behandeln wir sie wie Schlangen und gehen ihnen aus dem Weg.“ Fergus blickte sich um. „Ich werde das jedenfalls tun.“

„Sie sind lebende Dinosaurier – monströse Tiere, die sich in Jahrmillionen nicht gemendelt haben, weil sie für das Leben, das sie führen, einfach perfekt sind. Salzwasserkrokos sind aggressiv, unvorstellbar wild, und sie lauern im seichten Uferwasser auf euch, wenn ihr in ihre Reichweite kommt, schnappen sie euch.“

„Ach ja?“ höhnte Fergus, der auf einen Streit mit Vince aus zu sein schien. „Du versuchst doch bloß, uns mit Horrorgeschichten ins Bockshorn zu jagen.“

Diesmal lächelte Vince tatsächlich, und das war kein hübscher Anblick. „Fergus“, sagte er, „ich will dir beschreiben, was passiert. Das Kroko wartet im Brackwasser des Ufers völlig verborgen oder unter einer hohlen Böschung, dann kommst du dahergewandert und denkst, nur weil du nichts siehst, du seist sicher. Aber Salzwasserkrokos sind geduldig, sie können tagelang im Brackwasser versteckt lauern. Es spürt, wenn du nah genug bist, und macht sich zum Angriff bereit..."

Jetzt flüsterte Vince fast, und ich bemerkte, daß alle, auch Fergus, an seinen Lippen hingen.

„Im Bruchteil einer Sekunde, Fergus, schnellt es aus dem Wasser und packt dich! Du steckst zwischen den Kiefern und schreist. Hast du schon mal die Zähne eines Krokodils gesehen? Da gibt's kein Entrinnen. Es zieht dich ins Wasser und macht dann die Todesrolle, um dir das Genick zu brechen. Ob du die überlebst oder nicht, spielt für das Krokodil keine Rolle, weil du ohnehin nicht entkommst."

Vince hielt inne, dann sagte er mit sanfter Hinterhältigkeit: „Jetzt bist du nicht mehr Fergus – du bist das Mittagsmahl. Es taucht mit deinem reglosen Körper zwischen den Zähnen ins tiefe Wasser, wo es dich zwischen Felsbrocken klemmt oder unter einen Baumstamm stopft."

In der Stille, die seiner Schilderung folgte, wirkte Fergus ziemlich erschüttert und alle anderen sahen beeindruckt aus. Vince strahlte zufrieden.

„Mit Schwimmen ist es also nichts?" fragte ich.

„*Du* kannst ja schwimmen, wenn du willst, Dana", sagte Vince mit süffisantem Grinsen.

Auf Vince folgte Gary, der uns etwas über die Topographie der Gegend erzählte – ein Sandsteinplateau mit Eukalyptuswald und schmalen Streifen von Regenwald an den Rändern. Er gab uns eine Karte von der Umgebung des Camps und erklärte uns die Gefahren. Um halb elf gab es eine Pause mit Erfrischungen. Bis halb zwölf hatten wir frei, dann sollten wir uns in die entsprechenden Kurse einschreiben.

Brit kam auf mich zu. „Kann ich dich mal kurz sprechen?"

Ich folgte ihr nach draußen in die angenehme Brise. In der Nacht hatte es ein wenig geregnet, aber seitdem nicht mehr. „Worum geht's?"

Brit klopfte mir tröstend auf die Schulter. „Tut mir leid wegen Vince. Es war nicht sehr hilfreich, was er zu dir gesagt hat, auch wenn dir hätte klar sein müssen, daß du nicht schwimmen kannst, wo es Salzwasserkrokodile gibt."

„Ich hab' doch nur Spaß gemacht."

„Ach? Nun..."

„Vince mag mich nicht", erklärte ich, was offensichtlich war.

„Er mag Frauen im allgemeinen nicht", sagte Brit. „Schon gar nicht starke Frauen mit eigenen Ansichten, die keine Angst haben, diese auch kundzutun."

„Damit meinst du wohl mich."

Brit lächelte gewinnend. „Sicher meine ich dich. Nimm die Sache mit Vince nicht persönlich. Ich meine, *mich* mag er auch nicht." Ihr Ton besagte, daß er damit einen kapitalen Fehler beging.

Jetzt war es an der Zeit, mein Gehalt zu verdienen. „Brit", sagte ich, „es würde mich interessieren: Wie kommt eine wie du zu Edification? Ich meine, ich könnte mir so viele andere Orte vorstellen, wo deine Fähigkeiten total gefragt wären."

Schmeicheln war eine Taktik, mit der ich meistens weiterkam, so auch hier.

„Du bist sehr scharfsichtig", sagte Brit und tippte mir auf den Arm. „Das hab' ich mir schon bei unserer ersten Begegnung gedacht."

Ich spreizte meine Hände in dieser überzeugenden Vertrau-mir-Geste, mit der Gebrauchtwagenhändler soviel Erfolg haben. „Du kennst meine Geschichte", erklärte ich, „aber ich weiß nicht, wodurch du eine radikale Aktivistin geworden bist. Bei mir war es der Einfluß, den die Überzeugungen meiner Eltern auf mich ausgeübt haben. War es bei dir genauso?"

„Tiere", sagte Brit zu meiner Verblüffung. „Ich liebe Tiere viel mehr als Menschen. Das war schon immer so."

„Ich liebe sie auch", sagte ich, um Brit zum Weiterreden zu ermuntern. Und sie fuhr tatsächlich fort: „Vivisektion. Schon der Gedanke ist mir unerträglich." Ihr Ausdruck bekam etwas finster Entschlossenes. „Jeder, der Tiere leiden läßt, vor allem wenn er es durch wissenschaftliche Experimente legitimiert, sollte sterben."

Der Tod war zwar reichlich extrem, doch ich stimmte dieser Ansicht generell zu. „Das sind Monster", sagte ich und nickte. „Hast du dich persönlich an Protesten beteiligt?"

„Proteste?" Brit war wütend. „Die bringen doch nichts, Dana. *Action* ja. Deshalb mache ich bei Edification mit. Wir lehren die Leute das Gesetz in die eigenen Hände zu nehmen." In ihren Augen funkelte selbstgerechtes Feuer. „Wir vermitteln ihnen Techniken, Strategien, die direkt ins Herz des Establishments treffen."

„Wie hilft das den geschundenen Tieren?"

Brit war in Fahrt. „Manches hilft ihnen natürlich nicht, aber die meisten radikalen Bewegungen zielen auf das korrupte Herz von Regierungen und Pharmakonzernen und Universitäten und Miltitär, die all diese unaussprechlichen Greuel an schutzlosen Kreaturen begehen..." Sie atmete tief. „Ach, und an Menschen natürlich auch."

„Entschuldigt die Unterbrechung", sagte Konrad mit ernstem Gesicht, „aber ich habe neue Nachrichten." Joyce stand neben ihm, die Hände vor ihrem Khakihemd verschränkt.

Die Leidenschaft wich aus Brits Gesicht. „Inwiefern?"

Konrad wandte sich an mich. „Es geht um deinen Bruder."

Ich hatte die plötzliche Hoffnung, daß Norbert gefaßt oder gar getötet worden war. „Hat er es nach Australien geschafft?"

„Er ist im Land."

Joyce fügte hinzu: „Er war clever und kam nicht direkt hierher. Mit einem erstklassig gefälschten Paß gelangte er nach Neuseeland, von dort flog er nach Brisbane und hat sie auch da an der Nase herumgeführt."

Mir sank das Herz. „Woher weißt du das?"

„Es kam in den Nachrichten – wir hörten es auf verschiedenen Sendern", erklärte Konrad. „Dein Bruder war ihnen immer einen Schritt voraus. Die Information aus London, unter welchem falschen Namen er reist, kam erst nachdem er in Brisbane durch den Zoll gegangen war."

Brit sah mir ins Gesicht, dann sagte sie tröstend: „Die Situation hat sich nicht geändert. Der Typ weiß nicht, wo Dana ist, insofern ist er nicht näher als zuvor. Und es ist nur eine Frage der Zeit, bis sie ihn schnappen. Er kann nicht für immer entfliehen."

Die anderen nickten zustimmend. Ich sagte nichts. Es war, als wäre eine unaufhaltsame Maschine hinter mir her, und egal was ich tat oder sagte, Norbert Cummins würde mich unweigerlich finden.

14

Als ich Brit sagte, ich hätte Siobhan versprochen, beim Sortieren und Zusammentragen des Unterrichtsmaterials zu helfen, begleitete sie mich zum Verwaltungszelt. Unsere gemeinsame Empörung über den grausamen Umgang mit Tieren freute sie sichtlich, deshalb nahm ich die günstige Gelegenheit wahr zu versuchen, ob ich ihr ein paar Informationen entlocken konnte.

In vertraulichem Ton sagte ich: „Brit, da ist etwas, das mich irritiert, und ich wüßte gern, was du davon hältst."

Ich persönlich fühlte mich immer geehrt, wenn jemand nach meiner Meinung fragte – und Brit ging es genauso.

„Ja?“ fragte sie und sah mich offen an. „Was möchtest du wissen?“

„Nun, es hat mit Joyce zu tun.“ Ich blickte mich um und senkte verschwörerisch die Stimme. „Ich hoffe, daß das jetzt nicht unpassend ist, aber gestern abend hat mich Gary gewarnt, ich soll mich vor Joyce in acht nehmen. Wie hat er das wohl gemeint? Und wenn es irgendwas mit Siobhan zu tun hat, weil es mir so vorkommt, als ob Joyce...“ Ich wedelte vage mit der Hand. Dann fügte ich ernst hinzu: „Dieses Training in Camp E ist mir sehr wichtig, Brit, da möchte ich keinen falschen Schritt machen.“

Daß es so einfach war, verursachte mir direkt Schuldgefühle. Brit hielt an, legte mir vertraut die Hand auf den Arm und schüttelte den Kopf. „Es ist eine Schande, Dana, wirklich, das ist es, aber Joyce ist sich selbst die größte Feindin, weißt du, was ich meine? Sie war eine Zeitlang in Siobhan verknallt.“

„Du meinst etwas Sexuelles? Siobhan ist ja wirklich sehr attraktiv.“ Ich tat mein Bestes, es wie eine kühle, sachliche Einschätzung klingen zu lassen.

Brit errötete leicht. Da fiel mir die Bemerkung ein, mit der sich Joyce in der Küche in Sydney über Brit und Siobhan mokiert hatte.

„Ich glaube, das spielt da hinein, aber hauptsächlich ist es wohl berufliche Eifersüchtelei, denke ich“, erklärte Brit.

„Ach?“

„Joyce ist eine der Gründerinnen von Edification, zusammen mit Konrad. Wir sind als Kollektiv alle gleichberechtigt, aber –“ sie hielt inne und sah mich bedeutungsvoll an „– wie heißt es so schön? Manche sind gleicher als andere.“

„Farm der Tiere.“

„Was?“

„Daher kommt das Zitat. George Orwells *Farm der Tiere.*“

Als Brit sich über den Einwurf zu wundern schien, nahm ich mir vor, künftig mein Wissen für mich zu behalten. „Du sagtest berufliche Eifersüchtelei..."

„Siobhan ist relativ neu im Team. Sie hat eine wunderbare Geschichte in Anarchogruppen, vor allem auf dem Kontinent. Sie spricht mehrere Sprachen, weißt du." Jetzt lag tiefe Bewunderung in ihrem Ton.

Hey, hätte ich sagen können, *ich spreche auch mehrere Sprachen.* Aber natürlich konnte ich mit meinem Indonesisch und Japanisch nicht angeben. Dana Wright sprach Französisch und ein wenig Deutsch und hatte mit asiatischen Kulturen nichts zu tun.

Liebend gern hätte ich mich weiter über Siobhan unterhalten, besann mich aber wieder aufs Thema. „Das erklärt allerdings nicht, was Gary gemeint hat, als er mich vor Joyce warnte."

Brit ließ meinen Arm los und ging weiter. „Um es ganz unverblümt zu sagen, Joyce ist nicht sehr wählerisch." Sie rümpfte die Nase. „In jedem neuen Lehrgang pickt sie sich eine Person raus, meistens eine Frau, die sie ins Visier nimmt."

„Sie ist nicht wählerisch?" wiederholte ich. „Und jetzt bin ich diejenige, welche? Aha. Vielen Dank, Brit!"

„Du weißt, was ich meine." Sie gluckste über meine gespielte Empörung. „Sieh dir doch die Auswahl an – da bist du und Patsy und Evonne. Ich wüßte auch, auf wen mein Auge fiele."

„Auf mich?"

Brit faßte mich um die Taille und drückte mich. „Einfach konkurrenzlos."

Ich konnte keine sexuelle Nuance in ihrer kameradschaftlichen Umarmung entdecken und sagte – von Freundin zu Freundin: „Dann hilf mir. Laufe ich hier in ein Minenfeld? Da war nie etwas zwischen Joyce und Siobhan?"

Brits animierter Ausdruck gefror. „Wie könnte auch – Siobhan ist hetero."

All meine Antennen trogen mich? Das wollte ich einfach nicht glauben.

„Etwas enttäuschend für Joyce", bemerkte ich lahm und fügte im Geist hinzu: *Und vielleicht auch für dich, Brit.*

„Tja", sagte Brit bloß.

Siobhan empfing uns höchst erfreut. „Wunderbar! Ich stecke bis über die Ohren in Arbeit." Sie grinste Brit an. „Du bist auch zum Heften gekommen?"

Brit zögerte, ich konnte sehen, wie gern sie geblieben wäre, doch sie sagte: „Leider habe ich Aaron versprochen, den Vorratsbestand zu prüfen."

Am Ausgang des Zeltes warf sie einen sehnsüchtigen Blick zurück – offensichtlich konnte Brit ihre Gefühle nicht gut verbergen –, aber Siobhan schien es nicht zu bemerken.

Sie wären ein hübsches Paar gewesen. Visuell jedenfalls. Brit hatte seidiges Haar, gleichmäßige schöne Zähne und Bernsteinaugen; Siobhan war sogar noch bemerkenswerter mit ihren hohen Wangenknochen, die bei Fotografen so angesagt sind, und der undefinierbaren Haltung, etwas ganz Besonderes zu sein. Und ihre Stimme gefiel mir außerordentlich. Ich hatte vorher gar nicht bemerkt, wie attraktiv ein englischer Akzent sein konnte.

„Nett von dir, daß du deine Freizeit geopfert hast", sagte das Objekt meiner Gedanken und räumte einen Klapptisch frei. „Ich hatte gedacht, nachdem ich deine Erkundung heute nacht unterbrochen habe, würdest du die Gelegenheit wahrnehmen, dich bei Tag umzusehen."

„Das habe ich bereits. Ich bin im Morgengrauen aufgestanden." Treuherzig lächelnd fügte ich hinzu: „Offensichtlich besteht für das Camp so früh am morgen keine Gefahr, denn ich habe keine Wache bemerkt."

„Du hast sie nicht gesehen."

Sie bluffte. Ich hatte es genau überprüft, es war keine Wache da. Das ganze Camp schlief in diesem merkwürdigen grauen Licht vor Sonnenaufgang. Ich war schon sehr früh aufgewacht, und noch ehe ich mich umdrehen und wieder einschlafen konnte, war ich rasch aufgestanden, und da ich mich im Busch etwas umsehen wollte, stieg ich schnell in meine lange Hose und stopfte sie sorgfältig in meine dicken Socken, damit sich keine Blutegel an den Beinen festsaugen konnten oder was immer mich da draußen erwartete.

Es war wundervoll, als einzige wach und draußen zu sein, während die Wolken im Osten orange aufflammten – ein spektakulärer Sonnenaufgang. Vögel trillerten, eine leichte Brise wehte den Eukalyptusduft herüber, und ich konnte entspannt Denise Cleever sein, die im Morgenlicht spazierenging und in stiller Freude die Eindrücke auf sich wirken ließ. Meine Stiefel wirbelten Gerüche von der feuchten Erde hoch; überall hörte ich Wasser tropfen, Zirpen, Zwitschern, Äste knarren. Die Blätter glänzten vor Nässe, und bald war auch ich davon ganz durchnäßt.

Ich hielt mich nach Norden, wanderte unter grauen Buchsbäumen, weißen Eukalyptus- und anderen Bäumen und Buschwerk hindurch, einen Arm schützend erhoben, um nicht in die Spinnennetze hineinzulaufen, die überall hingen. Ich hielt die Augen auf, daß sich nicht eine auf meinen unbedeckten Kopf abseilte. Obwohl mir mein gesunder Menschenverstand sagte, daß das wohl das Letzte wäre, worauf eine Spinne es abgesehen hätte, aber ich schwelgte in so schockierenden Spinnenfantasien, daß mir das völlig real vorkam.

Nach etwa zwanzig Minuten erreichte ich einen Fluß, der jetzt in der Regenzeit breit und schnell durch sein in den Sandstein gegrabenes Bett strömte. Platanen wuchsen am Ufer und schälten ihre Rinde in unordentlichen Schichten. Ein Eisvogel stürzte ins Wasser, und als er mit flatternden blauvioletten Flügeln wieder auftauchte, hatte er eine zukkende Beute im langen Schnabel.

Mit einigen Schwierigkeiten folgte ich dem Strom und kam schließlich an einen grandiosen Wasserfall. Der Fluß stürzte in seinem Bett über die Felskante steil hinab und schäumte weiß in dem grünen Gewässer tief unten. Ich stand am Rand des Sandsteinfelsens, und beim Hinunterstarren schlug mein Magen einen Purzelbaum. Ich konnte die Felsbrocken sehen, die von oben ins Wasser gestürzt waren.

Ich trat den Rückweg an, und nach etwa fünfzehn Minuten bewegte sich etwas an meinem Fuß. Sofort fielen mir die Schlangen ein, und ich machte einen olympiareifen Satz rückwärts. Ich atmete tief durch, als ich den Ameisenbär sah, der den Boden absuchte und die unglücklichen Ameisen mit der klebrigen Zunge aufsaugte.

Meine Gegenwart interessierte ihn nicht im geringsten, weder hatte er seine Stacheln aufgestellt noch sich zu einer schützenden Kugel eingerollt.

„Ameisenkiller", sagte ich.

Das wirkte. Er hielt inne und sah kurz in meine Richtung. Offenbar kam er zu dem Schluß, daß ich keine Bedrohung darstellte, denn er nahm seine Suche wieder auf, scharrte gelegentlich mit der Kralle das vermodernde Laub beiseite und förderte eine Delikatesse zutage. Fasziniert sah ich zu und konnte mich von dem Bild nur schwer losreißen. Als ich das Camp erreichte, mußte ich sofort frühstücken gehen, ohne Zeit zu haben, meine feuchten Sachen zu wechseln. Ich erzählte nicht, wo ich gewesen war. Nicht daß ich ein Geheimnis draus machen wollte, ich versuchte nur, mir diese Zeit zu bewahren, in der ich einfach ich sein konnte und niemandem etwas vormachen mußte. Auch wenn es komisch klingt: Da draußen im Busch hatte ich ein paarmal laut meinen Namen gesagt. Warum, wußte ich nicht so genau.

Jetzt war ich wieder Dana Wright, die aus ganzem Herzen und tiefster Seele glaubte, daß das herrschende System zerstört werden müsse, mit allen Mitteln, und derart entschlossen war, daß weder Entfernung noch finanzieller Aufwand sie von der Teilnahme an diesem Training mitten im australischen Urwald abgehalten hatten.

Vor meinen inneren Augen sah ich Dana im Koma liegen, in einem weißen Bett in einem weißen Zimmer. Ich sah die verschiedenen Schläuche und Kanülen, und wie in einem Ärztedrama im Fernsehen würde ein Monitor eintönig vor sich hin piepsen, während Schwestern ständig ihren Zustand überwachten. Gelegentlich käme ein Arzt herein, um ihre Reflexe zu prüfen und etwas auf ihr Krankenblatt zu schreiben.

Oder vielleicht hatte Dana das Bewußtsein wiedererlangt. Jetzt sah ich sie vor mir, wie sie aufgerichtet im Bett saß, bleich, verwirrt fragte sie leise: „Was ist passiert? Wieso bin ich hier? Ich sollte doch in Australien sein..." Und eine Schwester, die in Wahrheit vom MI6 war, beruhigte sie und sagte, daß sie sich jetzt hinlegen und schlafen müsse, sonst käme sie nie zu Kräften.

Selbst wenn Dana tatsächlich das Bewußtsein wiedererlangt hatte, würde man sie nicht aus der Klinik lassen oder ihr erlauben, mit der Welt draußen Kontakt aufzunehmen, sondern sie so lange dort in Gewahrsam halten, bis meine Rollenübernahme ein Ende hatte. Es war eine Sache des britischen Geheimdienstes unter strengster Geheimhaltung, nie würde ein Sterbenswort davon nach außen dringen.

Siobhan schreckte mich aus meinen Gedanken, indem sie mir einen Klammermaxl reichte und auf die Papiere zeigte, die ich zusammentragen und heften sollte. Wir redeten nicht. Ich kam in diesen Fließbandrhythmus, wo die Zeit stehenzubleiben scheint und die ständig wiederholte Bewegung eine beruhigende, befriedigende Wirkung hat. Siobhan hatte einen batteriebetriebenen CD-Spieler, von dem Sade erschallte, und bei dem Song „Smooth Operator" hatte ich meine Aufgabe erledigt.

„Alles fertig", sagte ich. „Hast du noch etwas?"

„Dana, das ist toll. Vielen Dank."

Ich lehnte mich an den Tisch mit dem ordentlich gestapelten Material. An der Zeltwand neben mir hing ein Plan mit der Einteilung des Wachdienstes. Ich studierte ihn belustigt und sagte zu ihr: „Du schiebst heute wieder Nachtwache?"

„Wieso?"

Ich zuckte die Achseln. „Nur so. Wie lange mußt du? Doch bestimmt nicht die ganze Nacht?"

Siobhan bedachte mich mit einem halb geduldigen, halb amüsierten Blick. „Wieso habe ich das Gefühl, du versuchst, die Nachtwache auszuforschen? Vielleicht aus hinterhältigen Gründen?"

„Verteufelt hinterhältig", pflichtete ich ihr bei. „Und da ist es besonders hilfreich, daß der Plan direkt hier an der Wand hängt."

Siobhan zog die Braue hoch. „Tja, so ist es wohl. Wie aufmerksam von dir."

Es war klar, daß eine Person jeden Abend von acht bis eins Wache schob, und das war's. „Ihr habt nur Nachtwachen? Wie seltsam, denn ich sehe nicht, wie sich hier jemand in finsterer Nacht anschleichen könnte."

„Ehrlich gesagt, besorgt uns viel mehr, was im Camp passiert, als daß jemand eindringen könnte."

„Hattet ihr schon Probleme?"

Sie zuckte die Schultern. „Ein paar. Nichts, womit wir nicht fertiggeworden wären."

„Und der Typ, der an dem Schlangenbiß krepiert ist?"

Sie sah mich mit frostigem Lächeln an. „Das Wunder ist, daß die Schlange nicht an dem Biß krepiert ist."

„Offenbar ein toller Kerl."

„Danke für deine Hilfe, Dana." Damit war das Thema beendet.

Ich nahm mir eins der gehefteten Papiere, die Siobhan zusammengetragen hatte. „Mal sehen, wer was lehrt", sagte ich.

Joyce, das sah ich fasziniert, war unsere Bombenexpertin. Ich sah direkt vor mir, welchen Spaß ihr die Explosionen bereiteten. Konrad würde uns beibringen, wie man Aufruhr anzettelte und erfolgreich Attentate verübte. Brit hatte das Thema Überwachung und – was mich nicht überraschte – Brandstiftung. Vince unterrichtete uns in Verhörtechniken und Kidnapping, was zu ihm paßte. Garys Thema waren biologische und chemische Waffen und die Zerstörung städtischer Versorgungsnetze. Aaron – vielleicht wegen seiner Küchenpflichten – unterrichtete lediglich Ökoterrorismus.

Und Siobhan? „Wie ich sehe, hältst du zwei Kurse", sagte ich. „Staatliche Reaktion auf Terroranschläge – das erscheint mir ein bißchen trocken – und Strategien, Massenpanik zu erzeugen. He, das gefällt mir. Schon seit meiner Kindheit wollte ich die Öffentlichkeit in Panik versetzen."

„Dann solltest du dich da einschreiben."

Mich einschreiben! Ich blickte auf die Uhr. „Verflixt, da muß ich mich aber beeilen, sonst komme ich zu spät." Ich grinste sie an. „Und ich will ja schließlich keinen schlechten Eindruck machen."

Sie legte den Kopf schief, sagte aber nichts.

Während ich zu den Einschreibungen eilte, dachte ich, daß mich Siobhan inzwischen mehr reizte, als klug gewesen wäre. In meinem wahren Leben war ich nicht ungebunden – ich hatte eine Beziehung, die zwar stark war, aber eben eine Fernbeziehung, hinzu kam die hinderliche Tatsache, daß Roanna noch immer des Landesverrats verdächtigt wurde, weshalb ich, als Mitarbeiterin des Geheimdienstes, keinerlei Kontakt mit ihr haben sollte.

Ich redete mir ein, daß alles, was mit Siobhan passieren mochte, unter meine Arbeitspflicht fiele, obwohl ich im Geist bereits Livia sich über diese Rationalisierung vor Lachen schütteln sah.

Eine Sache machte es mir unmöglich, mich wirklich auf Siobhan einzulassen – sie war Terroristin und lehrte andere terroristische Dinge. Bestimmt waren Menschen durch ihre Aktivitäten verletzt worden, gar zu Tode gekommen.

Als ich ins Gemeinschaftszelt kam, waren schon alle anwesend, und ich schaffte es gerade noch bis Punkt halb zwölf. Konrad, der an der Tür wartete, blickte mich stirnrunzelnd an. „Ich habe Siobhan geholfen", entschuldigte ich mich hastig und kam mir vor wie in der Schule.

„Alle mal herhören!" rief Joyce, die für die Einschreibung zuständig war. Ich konnte sie mir gut als Schuldirektorin mit schneidender Stimme vorstellen, sehr auf Disziplin ihrer SchülerInnen bedacht, jedes Wischiwaschi und Gefühligkeiten verachtend.

„Es gibt vier obligatorische Kurse, die jede und jeder von euch absolvieren muß, alle sonstigen Kurse stehen frei zur Wahl, so daß ihr euch ein Programm nach eurem Bedarf zusammenstellen könnt. Die Pflichtkurse sind Mikro- und Makromanagement von Aufständen, Überwachungstechniken, Staatliche Reaktionen auf Terroranschläge und Angriff auf städtische Versorgungsnetze. Wir empfehlen euch dringend den Kurs Bombenbau für Fortgeschrittene. Wer wenig Erfahrung auf diesem Gebiet hat, kann zunächst in den Kurs Einfacher Bombenbau einsteigen. Wenn ihr weitere Fragen habt, wendet euch an Konrad, Gary oder mich."

Unter großem Palaver schrieben wir uns in die Kurse ein. Rob, der inzwischen schon sehr viel besser aussah, beriet sich mit mir über Kidnapping.

„Ich möchte den Kurs machen, weil ich seinen Wert für mich sehe", sagte er, „aber Vince, dieses Arschloch, leitet ihn."

„Wenn du Vince nicht ausstehen kannst, vergiß es", riet ich ihm, „aber wenn du den Kurs für dich sinnvoll findest, sollte dich die Tatsache, daß er ihn leitet, nicht davon abhalten."

In diesem Moment bestürzte mich der Gedanke, daß ich hier fröhlich das Für und Wider von Kursbelegungen diskutierte, die alle darauf abzielten, fundamentale Kenntnisse zur Verübung skrupelloser Verbrechen zu vermitteln.

„Ich mach's, wenn du mitmachst", sagte Rob.

„Ja gut", stimmte ich äußerst liebenswürdig zu.

Ich hätte ohnehin mitgemacht, da ich entschlossen war, Vince' Animosität mir gegenüber zu knacken. Das hatte keinen persönlichen Grund, denn der Mann war mir zutiefst zuwider, doch wenn wir uns irgendwie vertrügen, käme ich leichter an Informationen über ihn.

Als ich mit der Einschreibung fertig war, hatte ich außer den Pflichtkursen, gemäß der Empfehlung von Joyce, beide Bombenbaukurse belegt sowie Attentate, Kidnapping, Brandstiftung und Ökoterrorismus und mein Studium schließlich mit Strategien, Massenpanik zu erzeugen, abgerundet. Ich würde eine fleißige Studentin.

„Bevor wir das Zelt räumen, damit Aaron und Corrina zum Mittagessen decken können, möchte ich noch eine wichtige Mitteilung machen, die euch alle betrifft", sagte Konrad.

Damit gewann er sogar Patsys Aufmerksamkeit, die gerade Evonne von ihrem verstorbenen Mann erzählte, und ich hörte: „Er war zerfressen von Krebs, vollkommen zerfressen..."

Als zu Konrads Zufriedenheit endlich alle hinhörten, sagte er: „Eins der Probleme unseres Trainings hier in Camp E ist die Theorielastigkeit. Um die etwas auszugleichen, haben wir beschlossen, ein neues Element hinzuzufügen. Ihr werdet in zwei Gruppen eingeteilt, und jede wird einen Anschlag auf ein reales Ziel in Sydney planen. Dies wird nicht nur eine Vorbereitungsübung – eins der beiden Teams wird ausgewählt, den Anschlag auf das gesetzte Ziel tatsächlich auszuführen."

„Was ist das für ein Ziel?" fragte Mokhtar.

„Darüber können wir diskutieren, im Augenblick denken wir an ein politisches Attentat."

Zum erstenmal wirklich erfreut, sagte Mokhtar: „Das ist ausgezeichnet. Können wir bei dem Ziel mitreden?"

„Woran denkst du?"

„Einen Juden" sagte Mokhtar verächtlich, „das wäre mein Vorschlag."

„Wir werden ihn in Betracht ziehen."

Mit versteinertem Gesicht starrte Gary Mokhtar an. Wie paßte Garys Wut über diesen Antisemitismus zu seinem Lehrgang über die effiziente Verwendung biologischer und chemischer Waffen?

Mit einem letzten finsteren Blick zu Mokhtar wandte sich Gary an uns: „Das ist eine wertvolle Erweiterung unseres Lehrplans, die jede und jeden von euch bei der Planung bis hin zur vollständigen Ausführung des Anschlags unterstützt und Strategien vermittelt, um dem Aufgespürtwerden und der Verhaftung zu entgehen. Ihr werdet die grundlegenden Dinge lernen, die in keinem theoretischen Zusammenhang gelehrt werden können."

„Und was passiert anschließend?"

Bei Cliffs Frage lächelte Konrad zufrieden. „Vielleicht der wertvollste Teil dieser Übung. Ihr werdet hierher nach Camp E zurückkehren und eine umfangreiche Projektanalyse durchführen, was gut gelaufen und was verbesserungswürdig ist."

„Und wann wird das passieren?" fragte ich so locker wie möglich, obwohl ich der Panik nahe war. Von der Außenwelt so hermetisch abgeriegelt, wie konnte ich ASIO warnen, daß ein Terroranschlag geplant war?

„Es wird ganz davon abhängen, wann jede Gruppe bereit ist, und wann ein passendes Ziel zur Verfügung steht. Das Team, das nicht für das Attentat auserwählt ist, wird einen gleichzeitigen Anschlag planen, um die Aufmerksamkeit abzulenken, vielleicht mit Hilfe von Rauchbomben und Tränengasgranaten. Auf diese Weise wird das dem Attentat folgende massive Polizeiaufgebot sich auf zwei Schauplätze aufteilen müssen. Im Durcheinander und in der Panik wird es für euch alle viel leichter sein, unentdeckt abzutauchen."

Meine Nerven waren zum Zerreißen gespannt. Unvermittelt wurde meine Aufgabe, Edification zu unterwandern und die Beteiligten zu identifizieren, von der dringenden Notwendigkeit überlagert, diesen unvorhergesehenen Terroranschlag zu verhindern.

In meinem Kopf malte ich mir bereits die verschiedensten Möglichkeiten aus – vielleicht konnte ich die Todkranke spielen, so daß man mich in eine Klinik brachte. Sehr wahrscheinlich würde mich nur eine Person hinbringen, mit der ich schon fertig würde, wären wir erst einmal außerhalb des Camps. Oder ich konnte warten, bis wir im Krankenhaus waren, und dann agieren. Ja, das wäre besser, schließlich war ich keine Expertin darin, in diesem unwegsamen Gelände in der Regenzeit herumzukutschieren.

„Noch etwas", sagte Konrad. „Jetzt, da ihr wißt, daß ihr eine echte Probe aufs Exempel machen werdet, ist Sicherheit oberstes Gebot. Niemandem wird gestattet, das Training abzubrechen und das Camp aus irgendeinem Grund zu verlassen. Das schließt Unfall, Schlangenbisse und Krankheiten, wie ernst auch immer, mit ein."

„Und was, wenn du stirbst?" fragte Fergus bedrückt.

„Dann stirbst du", antwortete Konrad.

15

Nach dem Mittagessen, das aus gekochtem Schinken oder Dosenfleisch bestand – was ich seit meiner Kindheit nicht mehr gegessen hatte –, dazu Kartoffel- und Bohnensalat sowie Rote Beete und eingelegte Gurken, begaben wir uns alle in unseren ersten Pflichtkurs: Makro- und Mikromanagement von Aufständen.

Meine Annahme, daß es sich bei den beiden Zelten im Mittelpunkt des Camps um die Schulungsräume handelte, erwies sich als richtig. Wir saßen in dem einen zu viert um einen Tisch wie früher die Kinder in einer Landschule. Vor uns allen lagen Block und Stift. „Sie erwarten wohl, daß wir uns Notizen machen", flüsterte Patsy. „Aber das brauche ich nicht – ich habe ein fotogenisches Gedächtnis."

„Fotografisches", korrigierte ich.

Sie starrte mich mißtrauisch an. „Was?"

Konrads Eintritt ersparte mir die Antwort. Er verlor keine Zeit, begann direkt mit einem Überblick und erläuterte dann sein Thema anhand des G 8-Gipfels der Staatschefs in Genua, Italien.

„Genua ist ein sehr gutes Beispiel organisierter Anarchie", sagte er. „An die hunderttausend Menschen protestierten dort gegen die Globalisierung. Darunter befanden sich etwa zweitausend Extremisten, die spezialisierte Gruppen bildeten, jede mit einer spezifischen Rolle."

Er nahm einen Marker und skizzierte es auf einem Flipchart auf einer Staffelei.

„So wurde das organisiert. Durch die Masse friedlicher Demonstranten vor den brutalen Polizisten geschützt, vermummten sich die Anarchisten, um nicht auf den Videoaufnahmen identifiziert werden zu können. Viele erschienen mit Sturz- und Bauhelmen. Dann agierten die Untergruppen nach einem festgelegten Plan.

Die erste Gruppe zerschmetterte bei Banken und Geschäften die Fensterscheiben. Als zweite Gruppe folgten die Plünderer, die in die Geschäfte einfielen. Natürlich erschien die Polizei auf der Bildfläche, das war das Signal für die dritte Gruppe, die Molotowcocktails warf. Gleichzeitig bombardierte die vierte Gruppe die Polizei mit Steinen aus dem Straßenpflaster, das zur Transporterleichterung in Einkaufswagen aus den geplünderten Geschäften verladen wurde."

Cliff meldete sich, aber Konrad sagte: „Fragen später, es sei denn, sie sind wesentlich." Offenbar war sie das nicht, denn Cliff nahm beleidigt den Arm herunter.

Konrad fuhr fort: „Ähnliche Techniken wurden wieder und wieder angewendet, indem eine kleine Anzahl von Extremisten bei größeren Demos die Polizei provozierte, so daß es zur Randale kam. Die Polizei reagierte mit Gummigeschossen, Tränengas, Wasserwerfern, Knüppeln und Schutzschildern. Die Anarchisten waren straff organisiert, hatten simple Waffen und die Möglichkeit, zuzuschlagen und sofort in der Masse friedlicher Demonstranten unterzutauchen."

Er kritzelte eifrig auf das Flipchart, dann trat er zurück, damit wir sehen konnten, was er geschrieben hatte: *Gewalt ist der zentrale Punkt für die Aufmerksamkeit der Medien. Wenn nichts zu Bruch geht, interessiert sich niemand dafür.*

„Viele Zeitungen brachten dieses Zitat eines anonymen englischen Anarchisten. Es ist das Fazit einer wichtigen Lehre, die ihr alle euch einprägen müßt: Ohne Publicity ist alles nichts. Gewalttätige Aktion, Randale, eine Schlacht mit der Polizei – worüber in den Medien ausführlich berichtet wird, ist wesentlich. Arbeitet daran, seid kreativ, zieht eine gute

Show ab." Er grinste. „Zettelt einen Aufruhr an, und sie werden kommen."

Wieder hatte Cliff die Hand gehoben. Irritiert fragte Konrad: „Ja?"

„Das Oberhaupt einer Weltmacht umzubringen, würde tolle Publicity bringen. Hat schon mal ein Anarchist so etwas getan?"

„Nein, das hat niemand versucht, weil die von Sicherheitsbeamten umzingelt sind. Aber sie haben den Ring der Schutzpolizei, die den Schauplatz absicherte, attackiert – und zwar mit den Techniken der Massenkontrolle. Schulter an Schulter rückten die Reihen der Anarchisten mit Plastikschildern auf die Polizeikräfte vor, die das Gebäude sicherten."

Dann erklärte Konrad, welche bedeutende Rolle bei der Organisation von Aufständen heutzutage das Internet spielte. Meine Gedanken schweiften ab, doch mein Ausdruck wirkte überaus aufmerksam, eine Fähigkeit, die ich mir in den langweiligen Sitzungen bei ASIO angeeignet hatte.

Wie könnte ich eine Nachricht herausbekommen? Mich todkrank zu stellen, hätte offenbar keinen Zweck. Ich könnte versuchen, an das Funkgerät im Verwaltungszelt heranzukommen, wußte aber nicht, wen ich dabei um Hilfe bitten konnte. Hätten wir von dem Funkgerät gewußt, hätten wir eine Breitbandaufzeichnung arrangiert, da das aber nicht passiert war, glaubte ich kaum, an einen Funker zu geraten, der mir den Terrorplan abkaufte.

Mein Spaziergang heute morgen hatte mich überzeugt, daß ich aus dieser Gegend zu Fuß nie herauskäme, und selbst wenn ich es bis zur Kalumburu Road schaffte, konnte mich Edification dort beim Autostop ebenso auflesen wie jedes andere Fahrzeug.

Einer der Allradtoyotas wäre die beste Möglichkeit. Unter einem Tarnnetz parkten drei Toyotas unter einem riesigen Eukalyptusbaum am Ende des beinahe unsichtbaren Weges ins Camp. Ich würde zwei fahruntüchtig machen, den mit dem meisten Diesel nehmen und in die Zivilisation entfliehen und zu einem Telefon, wobei ich hoffte, auf dem Weg dorthin nicht im Morast steckenzubleiben.

Wenn alles andere fehlschlug, konnte ich warten, bis wir die Kimberleys verließen, um unsere praktische Übung in Terrorismus zu absolvieren, und auf die eine oder andere Weise verhindern, daß der Anschlag erfolgte. Das war freilich der letzte Ausweg.

Die Details waren ziemlich verschwommen, und das Glück würde eine große Rolle spielen, doch es tröstete mich ein wenig, daß ich zumindest zwei Möglichkeiten hatte, das geplante Attentat zu verhindern.

Nach unserem Kurs über Aufstände hatten wir zwanzig Minuten Pause für Erfrischungen. Ich war durstig, deshalb marschierte ich direkt zum Gemeinschaftszelt, ohne meine Zeit mit Small-talk zu vertun. Drinnen klebte Gary gerade einen Plan an die Wand.

„Willst du sehen, wer in deiner Gruppe ist?“ fragte er.

Ich studierte den Plan. *„Fergus?* Kann ich nicht statt dessen Rob haben?“

Es gab zwei Teams, Orange und Gelb. Team Orange bestand aus mir, Evonne, Wade und Fergus. Team Gelb waren Patsy, Mokhtar, Cliff und Rob.

„Bedaure“, sagte Gary, der das gar nicht zu bedauern schien, „aber wir haben die Teams in bezug auf Persönlichkeit und Befähigung ausgeglichen. Es wird nicht gewechselt.“

Gerade wollte ich argumentieren, als das Objekt meiner Beanstandung hereinkam. „Ach“, sagte Fergus und schaute auf den Plan, „ich bin mit dir in einer Gruppe, Dana. Sieh an, sieh an.“ Sein Lächeln hatte etwas Hinterhältiges, als er sagte: „Schade, daß dein Freund nicht in deinem Team ist.“

„Mein was?“

„Rob. Ich hab' euch gestern abend turteln sehen."

Ich seufzte. „Rob hatte Migräne. Ich habe ihm in sein Zelt geholfen." Über Fergus' Schulter sah ich, daß Gary uns höchst interessiert zuhörte.

Fergus nickte. „Heute abend werde ich Migräne haben. Hilfst du mir dann auch in mein Zelt?"

„Natürlich. Ich bin eine Gleiches-Recht-für-alle-Helferin, aber ich dachte, du würdest dich lieber an Evonne wenden."

Ich sah Gary grinsen, und mir wurde klar, daß Joyce ihm von meiner gemeinen Verkupplung von Fergus mit Evonne erzählt hatte.

„Hier kommt die weibliche Konkurrenz." Fergus feixte, als Evonne und Patsy eintraten. Er raunte mir vertraulich zu: „Du bist die Krönung des Ganzen, Dana."

„Du lieber Himmel. Danke."

„Eine Schönheit wie du mit einem Kerl wie Rob..." Er schüttelte den Kopf. „Da kriegst du was Besseres."

„Was Besseres wärest du, Fergus?"

„Du sagst es!"

Über soviel unkomplizierte, aufgeblasene Eitelkeit mußte ich dann doch lachen.

Der zweite Teil des Nachmittags war den Wahlfächern gewidmet. Gary unterrichtete über biologische Waffen, und Vince begann seinen Kidnapping-Kurs.

Beim Kidnapping waren wir zu viert: Evonne, Mokhtar, Rob und ich. Wir alle hätten bequem in eine Bank gepaßt, doch Mokhtar setzte sich demonstrativ abseits. Sein Absonderungsversuch nützte allerdings nichts, denn als Vince hereinkam, forderte er Mokhtar auf, sich zu uns zu setzen. „Ich möchte, daß ihr alle zusammensitzt, damit ich euch im Auge behalten kann."

Ich feixte über Mokhtars Dilemma. Lieber wäre er gestorben, da war ich mir sicher, als sich neben mich zu setzen, und Evonne kam ebensowenig in Betracht. Rob wäre der Puffer zwischen uns und ihm, aber Rob saß am Ende der Bank neben mir.

„Ich kann nicht neben Frauen sitzen“, erklärte Mokhtar schließlich.

Vince war sichtlich nicht in Stimmung für eine Sonderbehandlung. „Jetzt setz dich hin, du Idiot.“

„Du mußt aufrücken“, sagte Mokhtar und zeigte auf Rob. Ich grinste in mich hinein, während wir unter großem Tamtam dem vor Wut kreidebleichen Mokhtar Platz machten. Das war ein merkwürdiges, ziemlich schräges Vergnügen, fand ich.

Im Gegensatz zu Konrad, der gern zu unterrichten schien, blickte uns Vince finster an, ehe er monoton begann, was zu seiner roboterhaften Art paßte. Er erklärte die springenden Punkte eines erfolgreichen Kidnappings, wobei er das Opfer immer als „das Objekt“ bezeichnete.

In seiner Einführung betonte Vince die Wichtigkeit einer gründlichen Planung, inklusive der Wahl des Verstecks für das Objekt, das reibungslose Aus-dem-Verkehr-Ziehen, den Prozeß des Forderungen-Stellens, das vertrackte Konzept der Freilassung des Gekidnappten und die gleichzeitige Übergabe dessen, was man zu kriegen hoffte, all das ohne geschnappt oder getötet zu werden.

Vince erklärte, daß viele Kidnappings, in die wir wahrscheinlich verwickelt würden, vielleicht nicht auf die gewünschte Lösegeldzahlung hinausliefen, sondern womöglich auf die Freilassung politischer Gefangener oder eine Änderung der Geschäfts- oder Regierungspolitik in einem wesentlichen Punkt. „Aber Geld schadet nie“, fügte er hinzu. „Ich würde immer raten, ein ordentliches Lösegeld zu fordern.“

„Warum nicht das Objekt sofort umbringen?“ fragte Mokhtar. „Ist es nicht sehr viel einfacher, das Problem des

Versteckens und Bewachens des Opfers von vornherein zu vermeiden?"

„Was meint ihr dazu?" fragte Vince. „Rob?"

Der so Gefragte lief pink an. „Hm", sagte er. Vince wippte ungeduldig mit dem Fuß. Rob räusperte sich. „Naja, ich vermute, man muß wohl beweisen, daß das Objekt am Leben ist, sonst gibt es ja keinen Grund, ein Lösegeld zu bezahlen, nicht?"

Mokhtar schnaubte verächtlich. „Das kann man doch irgendwie tricksen. Und Schmerzensschreie bei Folterungen kann man aufnehmen, ehe man tötet. Dann spuren die Lösegeldzahler ganz schön."

Ich hätte Vince nie für einen fantasievollen Lehrer gehalten, deshalb war ich verblüfft, als er sagte: „Wir werden in den nächsten Tagen Rollenspiele machen, um die verschiedenen Methoden durchzuspielen, die heute genannt werden."

Evonne verdrehte die Schultern. „Ich mag keine Rollenspiele", sagte sie. „Reine Zeitverschwendung, während wir was Ordentliches lernen könnten."

„Ich denke, wir sollten es jetzt gleich versuchen." Vince' Ton lud nicht zum Diskutieren ein. „Okay, dies ist die Situation. Das Objekt ist gekidnappt, aber die Lösegeldforderung noch nicht gestellt."

Er zeigte der Reihe nach auf uns. „Dana, du bist die Kidnapperin, Mokhtar, du bist das Objekt, Evonne, du bist diejenige, die das Objekt unversehrt zurückhaben will, und du, Rob, bist der Polizist, der den Fall lösen soll. Okay, verteilt euch im Zelt."

Ich setzte Mokhtar auf ein Klappstühlchen in der Ecke, während Evonne und Rob in die entgegengesetzte Ecke gingen. „Fertig?" fragte Vince. „Gut, wir sind an dem Punkt, wo Dana zum erstenmal die Lösegeldforderung stellt."

Mokhtar maulte unzufrieden: „Ich wäre lieber der Kidnapper. Dana kann ja das Objekt sein."

„Nun macht schon."

Ich griff zum imaginären Telefon und wählte die Nummer. „Hallo", sagte ich. „Ich habe etwas, das Sie gern hätten."

Die nun folgende Interaktion war zu meinem Erstaunen höchst amüsant. Sogar Vince verzog die Lippen zu einem Anflug von Lächeln, als ich die verschiedenen Telefonate führte, worin ich für Mokhtar eine Million Dollar Lösegeld forderte. Evonne moserte, das sei viel zuviel, soviel sei er ja gar nicht wert, während Rob ständig wiederholte: „Sie soll weiterreden, wir versuchen eine Fangschaltung."

Als Mokhtar, das Objekt, verbale Beleidigungen ausstieß, stülpte ich ihm einen Sack über den Kopf. Und als auch das ihn nicht mundtot machte, schoß ich auf ihn. Natürlich starb er nicht daran, schließlich war es Mokhtar, deshalb sagte ich, daß sich Unkraut einfach nicht ausrotten läßt.

Außer dem gekidnappten Objekt bogen sich inzwischen alle vor Lachen.

Und dann verblüffte mich Vince noch einmal durch seine Expertenanalyse dieses Punktes der Operation, indem er detailliert die Fehler benannte, die jede und jeder von uns gemacht hatte, und begründete, warum diese Aktion zu amateurhaft durchgeführt und zum Scheitern verurteilt war.

Als wir nach dem Unterricht ins Freie traten, regnete es leicht. Vince ließ die anderen vorgehen und lobte mich: „Das war sehr witzig, Dana. Und der kleine Scheißer hat es nicht anders verdient."

Dieses so unerwartete Lob ging mir runter wie Öl. „Keine Ursache", antwortete ich. „Glaubst du, daß *überhaupt jemand* Mokhtar mag?"

„Auf einen so gutaussehenden Scheißkerl wie den sollte die Damenwelt abfahren, meine ich."

„Diese Dame nicht."

Vince beschämte mich, indem er fast neckend sagte: „Dame? Ich hätte dich tatsächlich für eine Frau gehalten."

Ich blickte ihm nach, während er durch den Regen stapfte. Sollte ich mir Sorgen machen, weil er zur Abwechslung mal nett gewesen war? Ich schmeichelte mir nicht damit, daß meine strahlende Persönlichkeit ihn so leicht für mich eingenommen hätte.

An diesem Abend wurde klar, daß bei unserem Tagesablauf nicht viel Freizeit übrig blieb, da wir, von der Ausbildung abgesehen, auch noch diverse Aufgaben zu übernehmen hatten. Meine war das Recycling von Dosen und Flaschen – ich mußte die Dosen mit einer Preßmaschine plattmachen und die Flaschen zerdeppern, damit sie wenig Platz im Lagerraum beanspruchten. Ich war sehr froh über die Wahl meiner Aufgabe, als ich entdeckte, daß der arme Cliff den Müll sortieren und Organisches von Anorganischem trennen mußte. Alles Brennbare mußte er in einem der Gußeisenherde in der Küche verbrennen und alles Organische in einem tiefen Loch außerhalb des Camps vergraben. Kunststoff und anderes nicht umweltfreundliche Material wurde in Gartensäcken gesammelt und zum späteren Abtransport gelagert.

Nach dem Abendessen gab es eine kurze Pause, dann begann Brits Einführung in die Überwachungstechniken – eins der drei Wahlfächer. Wenn es etwas gab, worin ich mich für eine Expertin hielt, dann war das Überwachung, deshalb ließ ich Brits Worte über mich ergehen, hörte sie mit halbem Ohr über Wohnraumüberwachung, Wanzen, Richtmikrofone, Infrarotsender sowie über Nachtsichtgeräte und akustische Verfolgungssignale für Fahrzeuge und Personen referieren.

Ich bemerkte, daß alle sieben AusbilderInnen anwesend waren. Bestimmt lag das nicht an Brits Art zu unterrichten, obwohl die, wie ich zugeben mußte, sehr lebendig war und den Rat beherzigte, mit ihrem Publikum Blickkontakt zu halten. Außerdem lächelte sie oft, warf den Kopf und vermittelte den allgemeinen Eindruck, daß ihr eine Führungsrolle durchaus lag.

Es mußte andere Gründe für die vollzählige Anwesenheit des Ausbildungsteams geben, aber ich konnte mir nicht denken, welche das sein mochten. Wie auch immer, Joyce schien das nicht zu gefallen, denn sie sah aus, als hätte sie eine gewaltige Wut im Bauch. Sie saß abseits von allen anderen, ihr eckiger Körper steif, die Augen zu schmalen Schlitzen verzogen.

Meine Aufmerksamkeit wanderte zu Brit zurück, zum Thema Überwachungsabwehr und grundsätzliche Maßnahmen gegen das Anzapfen von Telefon, Fax und Computer. Da gab es nichts, was ich nicht rückwärts hätte herbeten können, deshalb musterte ich meine Mitstudierenden. Patsy hatte etwas Eßbares aus ihrer Tasche gefischt und kaute nachdenklich; Wade und Mokhtar hörten aufmerksam zu – oder zumindest sah es so aus; Fergus hatte den glasigen Ausdruck von einem, der kein Wörtchen hört; Evonne hatte mit einer Hand ihr Haar vom Specknacken gehoben und fächelte sich mit der anderen vergeblich Luft zu; Rob hatte sein Kinn auf die Hand gestützt und schien kurz vor dem Einnicken zu sein; Cliff starrte zur Zeltdecke empor.

Ich schaute hoch, um zu sehen, was ihn so faszinierte. Es war ein Geckopaar, das Fangen spielte, hübsche kleine Echsen mit einem gut ausgebildeten Sinn für Humor, fand ich. Das wäre doch mal ein nettes Forschungsprojekt.

„Ha!“ Evonne war aufgesprungen und zeigte nach oben. „Eidechsen! Schafft sie raus!“ Sie fuchtelte wild mit ihrem Block, und die Geckos flitzen davon.

Brits Lächeln erstarb, als sich alle Aufmerksamkeit auf Evonne richtete und auf den Grund ihrer Angst. „Leute“, rief Brit und klatschte in die Hände. „Leute?“

„Mein Gott, Evonne!“ schnappte Gary mit hochrotem Gesicht. „Das sind doch bloß Geckos, verflixt. Hast du eine

Ahnung, was da draußen im Moment noch so herumkriecht?"

„Nein. Und ich will's auch nicht wissen."

Gary schien ihr den vollen Gefahrenherd ausmalen zu wollen, doch Konrad brachte ihn mit energischem Kopfschütteln zum Schweigen, dann sagte er: „Ich glaube, Brit ist mit ihrer Einführung praktisch fertig, deshalb ergreife ich die Gelegenheit, euch ein paar neue Informationen über eure Teams zu geben."

„Aber...", wandte Brit ein, die ihre Lektion beenden zu wollen schien, „ich habe noch nicht..."

Konrad fiel ihr einfach ins Wort: „Wir haben die Sache besprochen und sind zu dem Schluß gelangt, daß es für jede und jeden von euch von Vorteil wäre, eine Mentorin, einen Mentor bei der Vorbereitung auf die reale Übung zu haben."

Er zog einen gefalteten Bogen Papier aus seiner Hemdtasche, während er lächelnd fortfuhr: „Ihr sollt wissen, daß wir es uns nicht leicht gemacht haben zu entscheiden, wer am besten zu wem paßt, und bei manchen von euch haben wir uns gestritten."

„Vermutlich habt ihr euch eher gestritten, wer *nicht* mit wem sollte", bemerkte Patsy. Alle lachten, und sie blickte sich triumphierend um.

„Hier ist die endgültige Liste", sagte Konrad und faltete das Blatt auseinander.

Gott, betete ich insgeheim, gib mir bloß nicht Vince, auch wenn er heute nachmittag nett war. Und nicht Joyce, die ist mir zu intensiv. Und, bitte, Gott, nicht Brit – ich könnte sie erwürgen.

„Da wir sieben Ausbilderinnen und Ausbilder sind und acht Auszubildende, muß jemand zwei übernehmen. Zum Glück ist das kein Problem, weil Wade bereits Erfahrungen mit Attentaten hat, deshalb braucht er nicht soviel Betreuung wie die anderen."

Alle starrten Wade an, der etwas verlegen wirkte, auf diese Weise herausgehoben zu werden.

Konrad wartete, bis unsere Aufmerksamkeit zu ihm zurückkehrte, dann fuhr er fort: „Hier das Ergebnis. Vince ist Mentor für Wade und Cliff, Aaron für Evonne, Brit für Rob, ich für Mokhtar, Siobhan für Dana, Joyce für Patsy und Gary für Fergus. Jetzt möchte ich, daß ihr alle die Gelegenheit wahrnehmt, mit eurem Mentor, eurer Mentorin zu sprechen."

„Wow, was für eine Erleichterung", gestand ich Siobhan kurz darauf, als wir alle uns gehorsam zu unseren MentorInnen gesellt hatten. „Ich hatte das sichere Gefühl, Vince ausgeliefert zu werden."

Auf ihre leicht asiatisch anmutenden Züge trat ein Lächeln. „Genau gesagt, war es Joyce, die sich um das Vergnügen deiner Gesellschaft gerissen hat", erklärte sie.

„Und du hast gewonnen."

Ihr zögerndes Lächeln machte mich schwach. „Es kommt drauf an, wie du dich anstellst", sagte sie.

16

Wir küßten uns, ich war hingeschmolzen. „Mehr", drängte ich, „viel mehr."

Da erwachte ich auf meiner schmalen Pritsche. Vom Traum blieben ein paar berückende Bruchstücke, ich schloß die Augen und versuchte, ihn mir zurückzuholen. Doch wie alle Träume verblaßte er und entzog sich mir.

„Ich habe geträumt, ich küsse dich, Siobhan", flüsterte ich in die grüne Spitze meines Zelts. „Hast du das auch geträumt?"

Ich griff meine Sachen und verließ gebückt meinen beengten Schlafplatz. Zu Hause duschte ich für gewöhnlich vor dem Schlafengehen, doch im Dunkeln im Busch in der nassen Zeltplankabine zu stehen, reizte mich nicht besonders, vor allem in Anbetracht meiner Fantasien, daß Skorpione, Spinnen, Schlangen und Tausendfüßler auf mich lauerten.

Ich blickte die Zeltreihe entlang. Alle Eingänge waren fest verschlossen. Aus einem hinteren Zelt klang Schnarchen herüber. Patsy vielleicht. Ich bedankte mich im stillen, daß mein Zelt am entgegengesetzten Ende stand.

So früh am Morgen zu duschen, bevor alle anderen aufgestanden waren, hatte einen ganz eigenen Reiz. Es war eine wunderbare private Zeit, wenn die Vögel jubilieren und die Sonne am Horizont aufglüht und der Tag erwacht. Ich nahm einen Eimer und schöpfte Wasser aus der Zisterne in die Duschtonne – kaltes natürlich – und zog mich aus. Es war herrlich, beim Duschen in den Himmel zu sehen. Es war bereits warm und würde im Lauf des Tages mindestens fünfunddreißig Grad Celsius werden.

Gestern hatte Fergus wissen wollen, wieviel Grad es denn wirklich sei – wobei er Fahrenheit meinte –, und mußte den Spott von DezimalbürgerInnen wie mir über sich ergehen lassen. „Etwa fünfundneunzig Grad auf eurer Skala", erklärte Konrad, „und schwül, sehr hohe Luftfeuchtigkeit."

Meiner Schätzung nach waren es jetzt schon achtzig – auf Fergus' Skala. Ich trocknete mich ab, zog frische Shorts und ein sauberes Hemd an, auf einem Fuß balancierend streifte ich eine Socke über und den Schuh, dann bekleidete ich den anderen Fuß und trat sauber und erfrischt in den neuen Tag hinaus.

Aus einem Augenwinkel bemerkte ich eine Bewegung. Schlagartig kam mir der Gedanke: *Norbert*. Ich ließ mein Badetuch fallen, fuhr herum, automatisch in Kampfposition.

„Halt!" sagte Aaron. „Ich bin's."

„Du hast mich erschreckt!" erklärte ich unnötigerweise.

Sogar zu dieser frühen Morgenstunde hing eine Zigarette

in seinem Mundwinkel. Die Glut leuchtete auf, als er daran zog, der Rauch kräuselte sich empor, darunter sein lässiges Grinsen. „Tut mir leid. Ich wollte dich allein erwischen. Mist, klingt das blöd!“ Er wollte sich totlachen. „Ich meinte, daß ich dich vor jemand warnen muß.“

Ich hob mein verdrecktes Badetuch auf und musterte es. „Sieh dir an, wozu du mich gebracht hast.“

„Schockierend. Dafür sollte ich Prügel beziehen.“

Ich lachte, dabei kam mir der Gedanke, wie leicht es war, das Böse in den Menschen zu vergessen, wenn man tagtäglich mit ihnen umging. Aaron unterstützte den Terrorismus. Er lehrte die Leute, andere zu verstümmeln und zu töten, Leben und Eigentum zu zerstören, trotzdem war es ein Vergnügen, in der persönlichen Interaktion mit ihm einen unbeschwerten verbalen Schlagabtausch zu führen.

„Du hast vor meiner Dusche gelauert?“ fragte ich streng.

„Beim Verbrechen ertappt, aber ich hatte einen guten Grund.“ Sein Lacheln erstarb. „Nämlich dich zu warnen... vor Joyce.“

„Vor Joyce? Im Ernst?“

„Absolut.“ Er nahm die Zigarette aus dem Mund und beäugte sie, als wundere er sich darüber. „Joyce war schon immer etwas... seltsam. Sie hat diese sprunghaften Sympathien und Antipathien.“

„Joyce mag mich nicht?“

Aaron grinste über meinen verschnupften Ton. „Sie mag dich, leider, das ist ja das Problem.“ Dann fügte er ernst hinzu: „Denk nur nicht, daß ich dir einen Bären aufbinde, Dana. Joyce ist obsessiv, und sie kann durchaus gefährlich sein. Sie ist eine der Gründerinnen von Edification, und es gefällt ihr nicht, daß Siobhan, die erst seit drei Jahren bei uns ist, in der Organisation so weit aufgestiegen ist.“

„Ich verstehe nicht, was das mit mir zu tun hat.“

„Joyce wollte unbedingt deine Mentorin sein, weil sie

dann in persönlichen Kontakt mit dir käme." Er grinste leicht. „Wenn du verstehst, was ich meine."

„Ich verstehe zwar, was du meinst, aber trotzdem?"

„Siobhan sagte, *sie* wolle deine Mentorin sein. Es hat Joyce ganz schön gestunken, als die meisten von uns sich auf Siobhans Seite gestellt haben."

„Ich kann ja verstehen, daß Joyce abgetörnt ist, weil sie mich nicht bekommen hat", frotzelte ich, „aber das ist ihr Problem mit Siobhan. Warum warnst du *sie* nicht?"

„Ich will dir eine kleine Geschichte erzählen. Etwas ganz Ähnliches ist im letzten Kurs passiert. Da gab es eine Teilnehmerin, in die Joyce sich verguckt hatte, eine Koreanerin um die Zwanzig. Das Mädchen hat Joyce abblitzen lassen und sich statt dessen an Konrad herangemacht. Und weißt du, was passiert ist?"

„Du wirst es mir bestimmt erzählen."

„Ich glaube, du hast Joyce' Kurs ‚Einfacher Bombenbau' belegt. Genau wie das Mädchen – und eine dieser einfachen kleinen Bomben ist in ihrer Hand explodiert. Sie verlor drei Finger und verstümmelte ihren Daumen."

Ich starrte ihn entsetzt an. „Willst du mir etwa sagen, daß Joyce absichtlich..."

„Genau das will ich. Also nimm dich in acht, Dana." Er streckte die Hand aus und tätschelte mir die Wange. „Ich würde es abscheulich finden, wenn dir so etwas zustieße."

Aarons Warnung hallte das ganze Frühstück über in meinem Kopf, auch während seiner anschließenden Lektion über Ökoterrorismus und noch während Brits Exkurs über Brandstiftung.

Das Mittagessen war interessant. Wade stocherte im Inhalt seines Teller herum. „Was ist das denn?"

Ich hatte mich absichtlich neben ihn gesetzt, und so ergriff ich die Gelegenheit, ihm überaus freundlich die hervorragenden Qualitäten von Cornwallpasteten nahezubringen.

„Sowas kenne ich nicht“, sagte er zweifelnd und rückte mit der Gabel einer Pastete zu Leibe.

„Laß dich nicht durch den Anblick irritieren. Es schmeckt köstlich.“ Ich übertrieb. Ich hatte schon eine vertilgt, köstlich war sie eigentlich nicht, aber passabel. Allerdings brüstete ich mich damit, womöglich die besten Pasteten der Welt zu machen, insofern waren meine Ansprüche ziemlich hoch.

Ich wartete ab, bis er einen Mundvoll probiert hatte. „Gar nicht schlecht, finde ich“, bemerkte er und machte sich darüber her. Dann legte ich los:

„Ich bin so froh, daß wir im selben Team sind.“

Wade sah überrascht aus und einigermaßen erfreut. Ich dachte, daß er als Kind bestimmt leicht übergangen worden war, einer, für den man sich bei der Auswahl einer Sportmannschaft als letzten entschied.

„Hoffentlich wird unser Team ausgewählt, diesen Anschlag auszuführen“, sprudelte ich hervor.

Auf Wades unscheinbares Gesicht trat Begeisterung. „Ja, das ist eine echte Herausforderung. Jemanden zu töten, meine ich. Wenn der ganze Plan und die minutiöse Vorbereitung wie ein Uhrwerk abläuft. Das ist der Clou.“

„Erzähl weiter“, sagte ich aufgekratzt.

Wade brauchte nicht mehr Ermunterung. Das Verbrechen war mir bekannt, ein Attentat auf einen hochrangigen Politiker aus Malaysia vor zwölf Monaten. Und Wade hatte recht, als er sagte, es sei wie ein Uhrwerk abgelaufen. Das Opfer war mit einem Schuß getötet und niemand festgenommen worden. Leider konnte ich ihn nicht fragen, wer seine Helfer gewesen waren, doch während er erzählte, konzentrierte ich mich darauf, mir alle Details zu merken, die er verriet. Später würden Wade und seine Komplizen mit Hilfe dieser Informationen identifiziert werden können.

Ich war so konzentriert, daß ich sogar einen Moment lang vergaß, daß meine erste Nachmittagslektion Joyce' „Einfacher Bombenbau" war.

„Dies ist ein praktischer Kurs", erklärte Joyce, die Hände in die schmalen Hüften gestützt, „aber wir werden natürlich nur mit kleinen Sprengladungen arbeiten, weil die großen zuviel Lärm machen."

Außer Mokhtar und Wade hatten sich auch alle anderen für diesen Kurs entschieden. Fergus raunte mir zu: „Eigentlich weiß ich alles über Bomben, aber ich dachte, daß eine Auffrischung nicht schaden könnte."

„Wirklich weise."

Er blinzelte, um zu sehen, ob ich das ernst meinte. Beruhigt sagte er: „Vorsicht ist die Mutter der Porzellankiste."

Ein Duell der Klischees konnte ich durchaus gewinnen. „Wer nichts wagt, gewinnt auch nichts."

Fergus rätselte noch darüber, als Joyce blaffte: „Ich bitte um Aufmerksamkeit!" Sie musterte uns beide mißbilligend. „Bomben sind keine Spielzeuge und Unfälle oft tödlich."

Ich betrachtete meine rechte Hand und stellte mir vor, wie es ist, wenn die Finger weggesprengt werden. Wahrscheinlich würde man es im ersten Moment gar nicht empfinden, sondern einfach nicht glauben, daß sie plötzlich weg sind, dann würde das Blut spritzen, und der Schmerz würde einen überwältigen. Ich unterdrückte ein Schaudern.

Joyce' stahlharte Stimme drang zu mir durch: „Dana, willst du dir Notizen machen?"

„O ja, natürlich."

Joyce wandte sich mit verkniffenem Lächeln an die anderen Teilnehmenden. „Da sich Dana jetzt entschlossen hat, dem Unterricht zu folgen, können wir mit einer Liste der üblichen Haushaltschemikalien fortfahren, aus denen Bomben gebastelt werden können."

Folgsam notierte ich: Alkohol (Getränke, Lösungsmittel), Aceton (Nagellackentferner, Farbverdünner), Butan (Feuerzeugnachfüller), Ammoniumhydroxyd (Haushaltsammoniak), Ammoniumnitrat (Kühlelemente, Dünger).

„Letzteres, nämlich Ammoniumnitrat in Form von Dünger, wurde beim Bombenanschlag auf das Regierungsgebäude in Kansas City verwendet“, erklärte Joyce lebhaft.

Während sie animiert das statistische Ergebnis dieses Anschlags im Detail erläuterte, schaute ich mich um und betrachtete die anderen TeilnehmerInnen und dann Joyce. Das waren Monster, allesamt. Wir plauderten und scherzten miteinander, aber ich hätte ebensogut zu einer anderen Spezies gehören können.

„Nun zurück zu den grundlegenden Dingen. Ein paar Worte über Molotowcocktails.“ Joyce schwärmte direkt nostalgisch von dieser Straßenkampfwaffe. „Ich habe von diesen hübschen Waffen viele Male Gebrauch gemacht, ihre Einfachheit, eine Flasche und ein Lappen, macht sie so wunderbar vielseitig. Um eine wirkungsvolle, sich selbst entzündende Brandbombe herzustellen, empfehle ich eine Mischung aus Kerosin und Motoröl mit einer hochentzündlichen Flüssigkeit wie Benzin herzustellen. Man muß sie sorgfältig schütteln, ehe die Lunte angesteckt wird.“

Als ob sie die Anwendung eines Hustenmittels erklärte.

„Bei raffinierteren Mollies braucht man ein Gelantinemittel, das an Wänden oder an Fahrzeugseiten haftet. Bei einer noch ausgeklügelteren Version wird Papier in einer Lösung aus Pottasche und Zucker getränkt. Wenn das Papier trocknet, wird es außen auf die Flasche geklebt. Wird so ein Molli eingesetzt, ist das Ergebnis garantiert durchschlagend.“

Joyce beendete ihren Unterricht mit einem strengen Hinweis auf die Sicherheitsvorkehrungen – nicht rauchen, keine abgedichteten Räume, das Tragen einer Gesichtsmaske oder zumindest Schutzbrille, die Benutzung von Handschuhen beim Umgang mit ätzenden Chemikalien – und daß man nie, niemals eine Bombe als selbstverständlich erachtet.

„Hast du dich je an einem Cocktail versucht?“ fragte Cliff, als wir zum Gemeinschaftszelt hinüberwanderten, wo eine Erfrischung zur Nachmittagspause auf uns wartete.

„An Martinis schon öfter“, antwortete ich, „und einmal, glaube ich, an einem Harvey Wallbanger.“

Er sah mich mitleidig an. „Ich meinte einen Molli.“

„Nein, ich war immer hinter der Szene, aber jetzt will ich vorn mitmischen. Deshalb bin ich ja hier.“

„Das ist großartig.“ Cliff applaudierte mir zu meiner Entscheidung, mich an vorderster Front einzumischen. „Nichts gibt einen derartigen Kick, als wirklich etwas zu *tun*.“ Sein junges Sommersprossengesicht war ernst. „Zum Beispiel, sie am Boden zu haben und ihnen die Scheiße aus dem Leib zu prügeln. Das ist das *Beste*.“

„Für euch Jungs mag das ja stimmen“, sagte ich, „aber ich mach' mir nicht so gern die Hände schmutzig. Ich würde lieber 'ne Lunte anstecken.“

Der zweite Kurs am Nachmittag, „Staatliche Reaktion auf den Terrorismus“, war Pflicht, und Siobhan leitete den Kurs. Ich setzte mich vorn in die erste Reihe und dachte, daß ich mich zur Abwechslung mal Liebkind bei der Lehrerin machen sollte.

Siobhan trug ihre üblichen Khakishorts und -hemd, trotzdem stellte sie eine Respektsperson dar. Ihr langes Haar war mit einem Kamm in einer lockeren Welle hochgesteckt, was lässig wirken sollte, aber etwas Elegantes hatte.

Sie begann forsch. „Im Lauf des Kurses werden wir die verschiedenen Regierungsstrategien studieren, mit denen die terroristische Bedrohung eingedämmt werden soll, aber heute widmen wir uns dem Thema im allgemeinen. Die Behörden versuchen für gewöhnlich, sämtliche Terroristenbekämpfungseinheiten in den Großstädten innerhalb von zwei Stunden nach einem Anschlag im Einsatz zu haben."

Während dessen skizzierte sie ein Diagramm auf das Flipchart. „Wenn der Geheimdienst keine anderen Beweise hat, gehen die Gruppenführer davon aus, daß biologische oder chemische Waffen vorhanden sind, vielleicht auch Bomben, deshalb sind ihre Einheiten auf diese spezielle Bedrohung vorbereitet. Eine Ringverteidigung wird sofort eingesetzt, was eure Flucht sehr erschwert, wenn nicht unmöglich macht, deshalb verlaßt ihr das Umfeld des Anschlags, bevor es dazu kommt."

„Was ist mit Selbstmordattentätern und dergleichen?"

Siobhan grinste Evonne an. „Siehst du dich etwa in dieser Rolle?"

„Mitnichten. Ich doch nicht!" Evonne blickte sich zu uns um. „Nicht daß ich etwas gegen sie hätte, Gott bewahre – aber das ist einfach nicht mein Ding."

„Nun", antwortete Siobhan trocken, „jedenfalls wird ein Selbstmordattentäter wohl kaum aus der Gegend flüchten, das bringt der Job mit sich. Ich vertraue aber bei euch allen darauf, daß ihr euch schleunigst absetzt, denn wenn nicht, haben sie euch sofort am Kanthaken. Die ganze Gegend wird von den verschiedenen Einheiten nach Minen, Minenfallen, Heckenschützen und Verseuchungen aller Art durchgekämmt."

Sie tippte mit ihrem Filzschreiber auf das Flipchart. „Außerhalb dieses Gefahrenbereichs werden andere Spezialeinheiten Kommandozentren errichten, von wo aus die Bedürfnisse von Staatsanwaltschaft und Medien befriedigt werden. Außerdem werden versierte Koordinatoren die Zusammenarbeit mit den diversen Geheimdiensten übernehmen."

„Deshalb der Gedanke an einen irreführenden Anschlag", sagte Rob. „Biologische Minenfallen wären nicht schlecht."

„Biologische Waffen sind gut“, sagte Siobhan, „weil sie besonders bedrohlich sind. Und es ist äußerst wichtig, daß Medien und Bevölkerung glauben, die terroristische Bedrohung sei real. Unterschätzt niemals die Bedeutung von Öffentlichkeitsarbeit und merkt euch, daß es von Vorteil ist, zwischen Regierung und Bevölkerung Mißtrauen zu säen. Hinweise, daß der Bevölkerung nicht alles gesagt wird, daß es eine Art Verschwörung gibt, können äußerst wertvoll sein.“

Während sie im Einzelnen auf die psychologischen Elemente eines Terroranschlags einging, dachte ich über meine Optionen nach. Morgen würden wir in den Teams mit der Vorbereitung des Attentats beginnen. Ich mußte konkrete, hieb- und stichfeste Fakten für ASIO erhalten, war mir aber sicher, daß den Teams nicht alle Details des Anschlags verraten würden. Edification würde nur die momentan nötigen Informationen bekanntgeben, was noch immer die beste Sicherheitsmaßnahme war. Das bedeutete, daß ich mich an einen oder mehrere AusbilderInnen anwanzen mußte, um eine verläßliche Informationsquelle zu bekommen.

Ich setzte alles auf Siobhan, meine offizielle Mentorin, aber da ich gelernt hatte, alle meine Möglichkeiten in Erwägung zu ziehen, überprüfte ich sie der Reihe nach.

Konrad? Ich fand, daß er von allen das größte Kaliber war. Vielleicht beeinflußten mich diese überaus markante gebrochene Nase, seine Kung-fu-Hände und diese beeindruckende Schlangentätowierung. Wie ich ihn dazu bringen könnte, irgend etwas auszuplaudern, das sah ich eigentlich nicht.

Joyce zog ich gar nicht erst in Betracht – wenn Aaron recht hatte, wünschte sie mir nichts Gutes, und selbst wenn das nicht stimmte, zweifelte ich nicht daran, daß Joyce mich im Grunde nicht mochte.

Brit hingegen könnte zugänglich sein. Wir hatten eine Art

Freundschaft geschlossen, und wenn ich daran arbeitete, war ich überzeugt, daß Brit mich vertrauenswürdig fände, aber sie war nicht dumm, und ich müßte sehr aufpassen, meine Rolle nicht zu dick aufzutragen. Über Vince zerbrach ich mir den Kopf. Auf einmal war er so nett zu mir, aber ich hatte den Verdacht, daß er irgend etwas wollte. Sex vielleicht? Oder – der Gedanke ließ mich frösteln – er spielte ein Spiel mit mir, weil er oder die anderen mir nicht trauten.

Gary? Ja, eine echte Möglichkeit. Aaron auch. Sie gehörten zu jenen Typen, mit denen ich unter anderen Umständen ein Bier hätte trinken und herumalbern können – Freunde auf einer oberflächlichen Ebene, die zuviel plauderten, wenn sie einen gehoben hatten. Die Tatsache, daß es im Camp keinen Alkohol gab, machte diese Strategie leider zunichte.

Meine Gedanken kehrten zu Siobhan zurück. Sie beantwortete gerade eine Frage von Wade, ihre klare englische Sprache wirkte kühl in dem heißen Zelt. Ich war sicher, daß ich mir den Unterton ihrer Worte gestern nicht eingebildet hatte, und empfand ein erwartungsvolles Hochgefühl. Doch ich bremste mich: *Erst die Arbeit, dann das Vergnügen.*

Ich mußte grinsen. Mit etwas Glück ließe sich beides verbinden.

Am Ende der Stunde sagte ich zu ihr: „Ma'am, darf ich Ihnen die Bücher tragen?“

Siobhan musterte mich. „Wenn du willst.“

Es waren nur ein paar Schnellhefter. Ich klemmte sie unter den Arm und machte ihr ein Zeichen vorauszugehen. Natürlich regnete es wieder, so spurteten wir zum Verwaltungszelt, in das wir durchnäßt und lachend hineinstürzten.

„Wo soll ich sie hinlegen?“ Ich wedelte mit den Schnellheftern. Plötzlich wurde mir bewußt, daß wir ganz allein waren und daß der Regen mit aller Macht auf das Zelt prasselte.

„Hier hin."

Ein lauter Donnerschlag ließ mich zusammenfahren, fast unmittelbar darauf folgte ein blauweißer Blitz.

„Fürchtest du dich vor Gewitter?" fragte sie.

Ich reichte ihr die Schnellhefter. „Nein."

„Ich hasse es."

Sie beugte sich vor, sehr langsam, und hauchte mir einen Kuß auf die Lippen. Ein Schock durchzuckte mich. Als hätte eine unsichtbare Macht etwas in mir entfacht.

Wieder donnerte es gewaltig. Automatisch schlang ich die Arme um sie, und ich küßte sie auch, aber nicht so leichthin. Es war ein Kuß, der meine Knie weich werden und mein Herz rasen ließ, ein Ich-will-dich-Kuß. Und sie reagierte.

„Aah", seufzte ich, „das schreit nach mehr."

Siobhan lachte leise. „Morgen habe ich Nachtwache", sagte sie.

„Ein heimliches Rendezvous? Du glaubst, daß ich deinetwegen draußen herumschleiche?"

Sie lächelte. „Das hoffe ich doch."

17

So nach und nach erstellte ich in meinem Kopf für jede Person im Camp ein Dossier, das Material trug ich aus Gesprächen, Bemerkungen, zufällig mitangehörten Unterhaltungen, den eigenen indirekten Fragen und schließlich meinen täglichen Beobachtungen im Kontakt mit den anderen zusammen.

Bestimmt gäbe es wichtige Informationen über jedes Individuum in der Kartei im Verwaltungszelt, die ich bemerkt hatte, doch zum augenblicklichen Zeitpunkt scheute ich das Risiko, beim Durchstöbern der Kartei erwischt zu werden. Dennoch konnte es nicht schaden, jeden Morgen nach dem frühen Duschen, Wäsche waschen und auf die Leine unter dem Tarnnetz hängen, wie zufällig in diese Richtung zu schlendern.

Zu so früher Stunde war im allgemeinen noch niemand auf. Die Zeltreihe der AusbilderInnen durchschritt ich rasch. Ich wußte, daß Siobhans Zelt sich in der Mitte befand, denn ich hatte sie herauskommen sehen. Auf der Höhe ihres Zeltes hielt ich an. Zwar hatte ich nicht die Absicht, die Zeltklappe zu öffnen, „Überraschung! Ich bin's!" zu rufen, dennoch faszinierte mich die Vorstellung ihres schlafenden Gesichts, was mich zu der Vorstellung ihres schlafenden Körpers führte, was mich zu der Vorstellung...

„Du bist ja früh auf."

Mein Herz tat vor Schreck einen Satz. Ich wirbelte herum, vor mir stand Gary, die Hände in den Taschen seiner Shorts vergraben, und blickte mich mit fragendem Grinsen an.

„Psst. Sonst weckst du alle auf."

„Das würde denen nicht schaden." Gary hakte mich unter. „Wenn's dir nichts ausmacht, begleite ich dich auf deinem Morgenspaziergang. Ich muß mir die Beine vertreten."

Ich hätte am liebsten seinen Arm abgeschüttelt – diese rohe, sich schälende Haut auf den Händen fand ich plötzlich abstoßend und sein fahles Haar und das grobe Gesicht beunruhigend.

„Wir hatten gestern abend eine ziemliche Auseinandersetzung deinetwegen", sagte er und ließ mich endlich los, als wir ausschritten.

„Wirklich?" Mit ein paar tiefen Atemzügen beruhigte ich meine flatternden Nerven. „Sollte ich mir Sorgen machen?"

„Wieso meinst du?"

„Wieso?" fragte ich mit Unschuldsmiene. „Ich nehme doch an, es hat was mit Norbert zu tun."

„Dein Bruder hat sich in Luft aufgelöst, und die Medien haben das Interesse verloren. Und bei unserer Diskussion ging es nicht um ihn, obwohl er indirekt das Thema war."

Wir marschierten am Ende des Camps auf die unter dem Tarnnetz geparkten Allradfahrzeuge zu. Die hätte ich mir gern näher angesehen, um festzustellen, ob die Zündschlüssel steckten oder woanders aufgehoben wurden, konnte aber dieses Ansinnen heute morgen wohl schlecht verfolgen.

„Ist es nicht eine wundervolle Tageszeit?" fragte ich.

„Interessiert dich gar nicht, wieso du unser Gesprächsthema warst?"

Ich zuckte gleichgültig die Achseln. „Wenn du es mir erzählen willst, bitte. Wenn nicht, dann nicht."

„So eine arrogante Haltung gefällt mir. Und deshalb habe ich für dich votiert, als Anführerin eures Teams."

„Anführerin?" Ich fühlte mich gar nicht erfreut.

„Du bist eine gute Schützin."

Ich nickte. Handfeuerwaffen waren weder in Australien noch in Großbritannien frei verkäuflich, aber Dana Wright, als Mitglied eines Schützenvereins, hatte einen Waffenschein und erste Preise im Scheibenschießen gewonnen. Und insgeheim glaubte ich, im Umgang mit allen möglichen Waffen vielleicht noch besser zu sein als sie.

Gary sagte: „Ich habe die anderen überzeugt, daß du die Beste wärst, und sie haben zugestimmt, daß du diejenige sein sollst, die die Aufgabe ausführt, falls euer Team dafür ausgewählt wird."

„Hey", sagte ich, „ich fühle mich sehr geschmeichelt, aber ich verstehe nicht, wieso du so überzeugt bist, daß ich das machen soll."

„Du hast das, was man dazu braucht, Dana. Du würdest nicht in Panik geraten, wie andere vielleicht, wenn sie unter Druck stehen, und du bist schnell, auch im Kopf. Wie schon gesagt, du bist die beste von eurem Haufen."

„Wer ist Anführer des anderen Teams?"

Gary lachte auf. „Himmel, kannst du dir das nicht denken? Mokhtar – es gab keine andere Wahl. Ein kalter kleiner Psycho mit Schießeisen – da geht nichts drüber. Er wird das Töten richtig genießen, das kann ich dir sagen."

„Und ich nicht?"

Gary sah mich tatsächlich liebevoll an. „Du wirst es gut machen, weil es dein Job ist, und das gefällt mir."

Wir hielten bei den Fahrzeugen. „Norbert wird weiter nach mir suchen", sagte ich. „Ich nehme an, daß er deshalb in eurer Diskussion gestern vorkam."

„Stimmt! Und ich habe erklärt, daß er kein Thema sei." Er streckte die Hand aus und zerzauste mein Haar, ich war platt. „Trotzdem wirst du leider dein blondes Haar brünett färben müssen."

„Aber blond ist viel geiler, das ist doch bekannt."

Gary legte den Kopf schief und musterte mich. „Weißt du", sagte er nachdenklich, „dunkles Haar paßt vielleicht besser zu dir."

Ich strahlte ihn an. „Würdest du mich dann ernster nehmen?"

„Schätzchen", sagte er, „ich nehme dich jetzt schon sehr ernst."

Beim Frühstück unterhielt ich mich mit Rob über dies und das, dann setzte sich Evonne zu uns, und das Gespräch kippte. „Verdammte Grüne", sagte sie und haute ihren Teller und Becher auf den Tisch, daß der Inhalt überschwappte.

Rob legte seinen Löffel hin. „Was meinst du damit?"

Sichtlich angesäuert fauchte Evonne: „Was verstehst du daran nicht? *Verdammte Grüne.*"

Bevor Rob, dessen bleiches Gesicht sich purpur färbte, antworten konnte, fuhr ich dazwischen: „Mein Gott, Evonne, was hat dich so sauer gemacht?"

Sie wies mit dem Daumen auf Aaron. „Aaron, dieser Klugscheißer, redet über nichts anderes als die Umwelt. Der macht mich krank! Wir haben schon genug Probleme mit diesen verfluchten Asiaten, die unser Land überschwemmen, und er will nichts als die verdammten Bäume umarmen."

Ich sah, wie Rob die Lippen zusammenpreßte und sich zu beherrschen versuchte.

Evonne biß in ihren Toast und kaute, während sie Rob stirnrunzelnd anstarrte. „Ich nehme an, du bist auch so einer."

„Worauf du Gift nehmen kannst", sagte Rob. „Und ich denke, daß Bäume wertvoller sind als Menschen – vor allem *du*."

Er lehnte sich zurück mit dem zufriedenen Ausdruck von einem, der es schlagfertig zurückgegeben hatte.

Evonne stützte die Hände auf den Tisch, als wolle sie aufspringen, dann legte sie los: „Du kleines Stück Scheiße, du. Glaubst du, ich hätte nicht gesehen, wie du hier rumschnüffelst und alle ausspionierst und dann zu Konrad rennst und Geschichten erzählst?"

Rob sprang auf die Füße. Das Gesicht dicht vor ihrem, zischte er sie an: „Du alte Zimzicke, du Stiernacken, du!"

Zum Glück stapfte er anschließend befriedigt davon, denn diese Bemerkung saß bei Evonne offensichtlich, und ich war sicher, wäre er geblieben, hätte sie ihn in der Luft zerrissen.

Ich wartete, bis Evonne ihre Obszönitäten abgelassen hatte, dann fragte ich: „Wobei um alles in der Welt hast du Rob ertappt? Ich meine, er ist ein bißchen eigenartig, aber ich habe ihn nicht für einen Schnüffler gehalten."

„Einen Schnüffler?" fuhr Evonne mich wütend an. „Er ist ein verdammter Spitzel, wenn du mich fragst."

„Er doch nicht!" erwiderte ich mit aufgerissenen Augen. „Ein Spitzel? Du meinst für Edification?"

„Du sagst es."

Ich schüttelte den Kopf. „Ich schätze, er hat mich hinters Licht geführt." Bewundernd sah ich Evonne an. „Wie bist du ihm auf die Schliche gekommen?"

Feixend antwortete sie: „Ich hab' ihn beobachtet. Diese Umwelttypen sind doch immer kleine Scheißer." Sie sah mich scharf an. „Bist du etwa –"

„Umweltschützerin? Bewahre, nein. Ich glaube an den Fortschritt."

Sie grunzte. „Dann ist's ja gut."

„Erzähl mir von Rob. Ich fürchte, ich war bis jetzt ziemlich nett zu ihm."

„Das hab' ich gehört. Fergus hat euch praktisch als trautes Paar gesehen."

Sie vertilgte den restlichen Toast, trank ihren Tee und sagte: „Weißt du noch, wie wir alle in diesem verfluchten Darwin durchsucht wurden? Keine Mobiltelefone, keine Fotoapparate, kein nichts? Nun, gestern hab' ich Rob mit etwas gesehen, das er nicht haben dürfte – einen Minirecorder, den man in die Tasche steckt. Weißt du, wovon ich rede?"

„Hmhm", antwortete ich, während ich im Geiste unsere Gespräche Revue passieren ließ. Ich konnte mich an nichts erinnern, was meine Tarnung gefährdet hätte.

„Also", sagte Evonne genüßlich, „habe ich ihn beobachtet, weil er ja nicht wußte, daß ich ihm auf die Schliche gekommen war. Den ganzen Tag war er überaus freundlich und hat mit allen geplaudert, das kleine Arschloch. Dann sah ich gestern abend, wie er etwas zu Konrad sagte und aus dem Zelt schlüpfte. Kurz darauf folgte ihm Konrad nach draußen."

Sie prustete vor Lachen. „Hätten ja auch zwei Tunten sein können, schätze ich, aber darauf hätte ich nicht gewettet."

„Und?"

Mit befriedigtem Lächeln fuhr sie fort: „Sie merkten nicht, daß ich da war. Rob gab Konrad den Recorder, und Konrad gab ihm einen anderen.“ Sie verzog höhnisch die Mundwinkel. „Der verdammte Rob ist ein kleiner gewöhnlicher Spitzel, wie ich gesagt hab'. Bist du im Bilde?“

Ich war im Bilde.

Nach dem Frühstück hatten wir unsere erste Teamsitzung. Konrad und Gary als Teambeobachter würden uns auf den Anschlag umfassend vorbereiten. Wir sollten recherchieren, auf welchem Weg wir am besten *incognito* zum Tatort kamen und von dort hierher zurück, das Attentat bis in alle Einzelheiten planen sowie unsere Flucht aus der unmittelbaren Umgebung des Tatorts.

Konrad erinnerte daran, daß das nicht für das Attentat ausgewählte Team ein Ablenkungsmanöver planen müßte, damit die Behörden den Eindruck bekämen, es fänden zwei Terroranschläge gleichzeitig statt.

Da niemand sonst sich erkundigte, mußte ich wohl die Frage stellen: „Wer ist das Opfer?“

„Ein Mann der Öffentlichkeit, aber keiner aus der ersten Reihe. Er ist schließlich nur ein Übungsobjekt.“

Patsy rümpfte die Nase. „Warum dieser ganze Aufwand, wenn wir es nicht auf einen abgesehen haben, der's wert ist?“

„Oh, der Typ ist es durchaus wert“, erwiderte Gary und fügte, Konrads Blick ignorierend, hinzu: „Hält sich für den Antiterrorismuszar. Wir dachten, es sei unwahrscheinlich, daß irgend jemand von euch etwas dagegen hätte, ihn von der Bildfläche zu räumen.“

Ich wußte augenblicklich, wer umgelegt werden sollte. Nach mehrmaligem Terroralarm hatte die australische Regierung eine Kommission unter der Leitung eines kürzlich in den Ruhestand getretenen Polizeidirektors namens Rex Leffing gebildet, die eine Studie über die terroristische Bedrohung der Nation erstellen und dem Parlament berichten sollte. Somit war Leffing das anvisierte Ziel.

„Ich habe ein Problem, Konrad", erklärte Fergus stirnrunzelnd. „Was, wenn jemand von uns geschnappt oder verletzt oder gar getötet wird?"

„Niemand von euch wird Ausweispapiere bei sich haben. Sollte jemand verwundet werden, werden wir alles daransetzen, euch vom Tatort wegzubringen."

„Und wenn sie jemanden schnappen?"

„Sie werden niemanden schnappen", sagte Konrad „Damit impliziere ich keine Sekunde, daß dies eine Selbstmordmission ist, sondern daß Edification auf gar keinen Fall erlauben kann, daß unsere wichtige Arbeit in irgendeiner Weise kompromittiert wird."

Es überraschte niemanden, daß Evonne sogleich erklärte: „Ich hab's bereits gesagt und sage es jetzt noch einmal: Für mich kommt Selbstmord überhaupt nicht in Frage."

„Das ist auch nicht nötig", warf Mokhtar kalt ein. „Wenn die Umstände es erfordern, wird Edification das für dich übernehmen, da bin ich mir sicher."

Es entstand eine Pause, alle starrten Konrad an und warteten auf Bestätigung oder Widerspruch. Er kommentierte es nicht.

„Auf geht's, Leute", ermunterte uns Gary, „die Mission wird ablaufen wie am Schnürchen, keine Sorge."

Während Gary erklärte, daß – je nachdem, auf welches Team die Wahl fiele – entweder ich für Team Orange oder Mokhtar für Team Gelb den tödlichen Schuß abfeuern würden, moserten einige unzufrieden. Cliff fand, daß er statt Mokhtar Team Gelb anführen sollte, doch Konrad wies das sofort mit dem Verweis auf Cliffs relative Unerfahrenheit zurück.

Wade, der sich gerade erst für mich erwärmt hatte, blicke

finster in meine Richtung und beschwerte sich, daß er bereits ein Attentat mit Erfolg durchgezogen und Erfahrungen vorzuweisen hatte. „Und was hat Dana zu bieten? Hm? Warum also sie?“

Darauf erklärte Gary, daß Wade bei dem Attentat auf den malaysischen Politiker eine Nebenrolle gehabt hatte, worauf sich Wade unzufrieden grollend setzte.

Als Konrad geschäftsmäßig ein Papier mit der Überschrift: *Die wichtigsten Schritte, um unser Ziel zu erreichen* verteilte, musterte ich meine TeamkollegInnen. Wade wirkte noch immer sauer, doch als ich seinen Blick suchte und lächelte, nickte er anerkennend, ein gutes Zeichen. Evonne schien ziemlich zufrieden, aber mir schwante, daß das Selbstmordthema wieder hochkäme. Fergus hatte die Stirn gerunzelt und tippte nervös seinen Stift auf den Tisch, bis Patsy sich hinüberbeugte und ihm das Schreibgerät aus der Hand nahm.

Nachdem Konrad erklärt hatte, daß die harte Arbeit morgen begänne, gingen wir in die Pause. Vor dem nächsten Kurs sollten wir alle Rücksprache mit unseren Mentorinnen und Mentoren halten.

Das ließ ich mir nicht zweimal sagen und fand Siobhan auf einem Laptop tippend im Verwaltungszelt. Leider waren auch Joyce und Brit anwesend, deren Schützlinge, Patsy und Rob gerade eintraten.

Ich nutzte die laute Begrüßung der anderen und sagte leise zu Siobhan: „Evonne hat mir beim Früstück erzählt, daß Rob heimlich für Konrad Gespräche aufnimmt.“

Ich hätte erwartet, daß sie es bestritt, aber Siobhan nickte nur lässig und antwortete: „Ja, das tun wir zur Sicherheit in jedem Training. Rob war keine gute Wahl, sonst hätte sie ihn nicht dabei ertappt.“

Tja, soviel zu meinem Überraschungscoup und ihrem Geständnis. „Okay“, sagte ich, „ich komme zur Beratung.“

Wir diskutierten zwanzig Minuten lang über Einzelheiten der Teamvorbereitung, bis Joyce zum nächsten Kurs aufrief.

„Dann bis später", sagte Siobhan.

Ihr Lächeln war äußerst verheißungsvoll.

Ich versuchte, mich auf Garys Thema „Angriff auf städtische Ziele" zu konzentrieren, doch ein Terroranschlag auf die Wasser- und Stromversorgung und auf die Flughafenanlagen faszinierte mich nicht halb so sehr wie Siobhan.

Aber im Folgekurs von Joyce über den einfachen Bombenbau war ich wieder ganz bei der Sache, denn ich hatte nicht die Absicht, meine Finger zu verlieren oder einen anderen Teil meiner Anatomie. Wir konzentrierten uns auf die Zündung von Bomben und lernten alles über einfache Lunten, Fernzündungen, Quecksilberschaltungen und Stolperdrahtauslösungen. Joyce versprach uns, daß wir morgen einen Ausflug machen und weit ab vom Camp ein paar Bomben explodieren lassen würden. Ihr Gesicht glühte, als sie das sagte, und ich hoffte, daß es nicht die Vorfreude auf eine bevorstehende Attacke auf mich war.

Ich hatte die Gelegenheit, das Objekt meiner wachsenden Begierde nach dem Abendessen zu studieren, als sie uns das Thema „Strategien, eine Massenpanik zu erzeugen" nahebrachte. Ich hatte auch die Zeit, darüber nachzudenken, weshalb ich so leidenschaftlich für sie entbrannt war – eine doch relativ Fremde und noch dazu eine Terroristin. Vielleicht, so vermutete ich, ließ sich dieses Phänomen oft im Streß von Kriegen beobachten – Sex als die Wiederversicherung des Lebens. Oder vielleicht bildete ich mir das auch nur ein, und ich verspürte nichts anderes als gesunde Lust.

Während des Unterrichts wanderten meine Gedanken, obwohl mich das Thema eigentlich interessierte. Siobhan führte aus, daß die Angst vor einem Terroranschlag die Öffentlichkeit am meisten bewegt und daß schon ein paar

Worte einen unvorstellbaren Terror auslösen können. Das sind die Worte Anthrax, Plutonium, Beulenpest und Pocken, vor allem die, die man Schwarzer Tod nannte.

Die tatsächliche Verbreitung dieser lebensbedrohlichen Substanzen war nicht notwendig. Die allgemeine Öffentlichkeit wurde nicht informiert, und die Unwissenheit führte zur Panik. Desinformation, Andeutungen, daß die Regierung eine massive Vertuschungspolitik betrieb, gezielte Hinweise an die Medien, all das waren nützliche Strategien, die Bevölkerung davon zu überzeugen, daß die Regierung sie belog und daß eine schreckliche Gefahr die Menschheit dezimieren würde.

Der Unterricht war zu Ende, und während einige Leute zum Gemeinschaftszelt gingen, um noch eine Tasse Tee oder Kaffee zu trinken, begaben sich die meisten zu ihrem Zelt. Ich lungerte herum, bis alle gegangen waren. Leise sagte Siobhan: „Ich komme in dein Zelt, aber es wird spät werden."

Konnte man vor Begehren ohnmächtig werden? Vielleicht würde ich das herausfinden. „Abgemacht", sagte ich mit bebender Stimme.

18

Es war spät – fast halb zwei. Ich lag noch immer angezogen auf meiner Pritsche. Ich hatte eigentlich im Dunkeln ein Nickerchen machen wollen, doch mein Kopf und mein Körper waren hellwach. Das Zelt neben meinem war leer, aber das war kein großer Puffer. Wir müßten ganz leise sein. Sogar dieser Gedanke war ziemlich erregend.

„Dana?" Dieses Flüstern erwartete ich seit einer Stunde.

Ich öffnete die Klappe meines Zeltes, sie quetschte sich an mir vorbei und setzte sich auf mein Bett.

„Du bist hier“, murmelte ich wie eine Idiotin.

„Das bin ich“, antwortete sie. „Hast du irgendwelche Pläne?“

„*Du* bist meine Mentorin“, flüsterte ich, „Ich gehorche deinen Anweisungen.“

„Und meinem Begehren?“

Leidenschaft erfaßte mich, ich brannte lichterloh. „Dem auch, denke ich.“

„Ich begehre dich jetzt und hier und möglichst sofort.“

„Hier ist aber nicht viel Platz.“

„Wir improvisieren.“

„Wenn die Pritsche zusammenkracht, bin ich nicht dafür verantwortlich.“

„Oh, ich glaube doch.“

Es war fast ganz dunkel, nur ein schwaches silbernes Mondlicht fiel durch das Ventilationsgitter der Zeltplane, und ich sah, wie Siobhan, halb auf meiner Pritsche liegend, sich das Hemd aufknöpfte, es von den Schultern streifte, ihren BH aufhakte...

„Zieh dich aus“, sagte sie, „und das ist die Anweisung einer Mentorin.“

Auch wenn ich danach fieberte, meine nackte Haut an ihrer zu spüren, war mir die Beengtheit des kleinen Zeltes sehr wohl bewußt. „Es wird etwas dauern, bis wir beide ausgezogen sind“, bemerkte ich. Ich hätte gern cool geklungen, doch meine Stimme war zittrig.

„Nicht viel Zeit. Bitte.“

Das *Bitte* schaffte mich. Ich hörte meine Knöpfe springen, als ich mir das Hemd herunterriß. Meine Stiefel waren schon eher eine Herausforderung, doch auch die bestand ich. „Anweisung ausgeführt“, sagte ich. „Und jetzt?“

„Improvisiere.“

Als ich ihren Hals küßte, spürte ich die Hitze ihrer Haut und sagte mit belegter Stimme: „Wir müssen ganz leise sein. Keine ekstatischen Schreie.“

Sie lachte atemlos. „Du versprichst Ekstase? Beim ersten Rendezvous?“

Meine Zähne fanden ihre Brustwarze, und sie schnappte nach Luft.

„O Gott“, murmelte ich an ihrer Brust. „Das ist ja Selbstzerstörung.“

„Nicht doch. Laß mich das lieber machen.“

Meine Hände waren unter ihr, ich spürte ihre Rippen durch die brennende Haut und glitt an ihr herab. Mein Mund eroberte sie, sie zu schmecken, steigerte meine Lust, ihr Zucken und wildes Beben bestätigten mich.

Dann geriet ich vor Leidenschaft außer mir. Weder die schmale Pritsche noch die Dunkelheit, das Zelt, die Kimberleys waren in meinem Bewußtsein – das alles wich einem rasenden Wirbel, der mich aus jeder Identität, ob Dana oder Denise, herauskatapultierte. Ich war nichts als reine grenzenlose Lust.

Hingebungsvoller konnte ich sie nicht küssen, mich ihr nicht gänzlicher öffnen, sie nicht leidenschaftlicher begehren, als ich es tat.

Für einen kostbaren Augenblick waren sie und ich eins – jenseits von Worten, Schmerz oder Glück.

Dann sickerte die Realität allmählich wieder ein. Wir lagen luftschnappend auf der schmalen Pritsche, ich zog sie an mich, umarmte sie heftig, um mir dieses Gefühl für sie als die andere zu bewahren, doch es verblaßte wie ein Traum.

„Das Bett?“ fragte ich. „Hat es überlebt?“

„Frag nicht.“

Ich lächelte, zum Lachen allzu verausgabt.

Siobhan entzog sich der Umarmung, stützte sich auf einen Ellbogen und blickte auf mich herab.

Ich konnte ihr Gesicht nur schwach erkennen, aber ihre Worte waren absolut klar.

„Wer bist du?" fragte sie. „Und sag nicht, du bist Dana Wright. Das bist du nicht. Ich kenne sie nämlich."

Die Stille zwischen uns schien kein Ende zu nehmen. Ich konnte sie atmen hören, spürte ihre Hüfte an meiner Seite. Die Dunkelheit im Zelt war unverändert, aber ich hatte das Gefühl, als wäre mir ein leuchtender Strahl in die Augen geschossen. Schließlich sagte ich: „Ich bin Dana Wright."

„Für wen arbeitest du? Für DIO?"

Diese australische Geheimdienstorganisation war derart geheim, daß selbst wir von ASIO kaum wußten, was sie tat, von der normalen Öffentlichkeit ganz zu schweigen. „Ich weiß nicht, was du meinst", antwortete ich.

„ASIO? Oder hat dich MI6 angeworben? Die CIA?"

„Ich verstehe nicht."

„Dana –" Sie hielt inne und lachte betrübt. „Das ist der Name, bei dem ich dich nennen muß, es sei denn, du sagst mir deinen richtigen."

„Wie ist *dein* richtiger Name?"

Ich erwartete keine Antwort, aber sie sagte: „Mein mittlerer Name ist Siobhan, mein erster ist Mary."

Mary? Sie sah gar nicht aus wie eine Mary. Sie fühlte sich auch nicht an wie eine Mary. „Ich bleibe bei Siobhan", erklärte ich.

Als sie sich über mich beugte, lag ein Drängen in ihrer leisen Stimme. „Bitte, ich muß wissen, für wen du arbeitest. Es ist lebenswichtig."

Als ich nicht antwortete, stieß sie einen tiefen Seufzer aus. „Hast du schon mal von der Hurdstone Peace Foundation gehört?"

„Ja, natürlich." Das war etwas, das ich freimütig zugeben konnte.

Die Hurdstone Peace Foundation war in den achtziger Jahren von Ash Hurdstone gegründet worden, der die Stiftung mit einigen Millionen ausgestattet hatte, als er ein Vermögen auf dem britischen Elektronikmarkt machte, das er in eine Stiftung unter seinem Namen investierte. Deren Hauptsitz befand sich in der Schweiz, sie hatte das Ziel, weltweit für den Frieden zu arbeiten. Die Stiftung hatte Mitarbeiter in korrupte Konzerne eingeschleust und militante Gruppen infiltriert und arbeitete unermüdlich daran, totalitäre Regime zu stürzen. Die MitarbeiterInnen von Hurdstone hatten sich mit Haut und Haaren dem Stiftungsanliegen verschrieben, viele von ihnen arbeiteten jahrelang im Untergrund, um die Organisationen, die sie bekämpften, von innen aufzubrechen.

ASIO, die CIA und ähnliche nationale Geheimdienste unterstützten weder Ash Hurdstone noch sein Anliegen, nicht etwa, weil die Ziele der Stiftung nicht löblich gewesen wären – das waren sie durchaus. Nur scherten Hurdstone weder nationale noch internationale Gesetze, wenn sie ihm nicht paßten, und er zahlte für solche Übertretungen egal welchen Preis. Vielmehr brachte die Hurdstone Peace Foundation die Geheimdienste der verschiedensten Staaten in peinliche Situationen, da sie sehr oft erfolgreich agierte, wo die Dienste versagten.

Zum Beispiel veröffentlichte Hurdstone in den USA auf der Website der Stiftung die Namen, Personenbeschreibungen und Fotos von weißen Überlegenheitsfanatikern, die mit den Vorbereitungen für einen Anschlag auf den Obersten Gerichtshof bei seinem nächsten Zusammentreffen beschäftigt waren.

Diese Informationen waren nicht nur äußerst exakt, überdies hatten das FBI und die CIA weder von der militanten Vereinigung noch von dem geplanten Anschlag eine Ahnung und alle Hände voll zu tun, um ihr peinliches Versagen zu rechtfertigen, als wichtige Politiker unbequeme Fragen zu stellen begannen.

Wenn Siobhan eine von Hurdstone eingeschleuste Konterterroristin war, arbeitete sie seit drei Jahren daran, Edification zu unterminieren. Oder sie log, und dann war dies ein raffinierter Test, den Dana Wright bestehen oder an dem sie scheitern konnte.

„Hast du Ash Hurdstone schon mal getroffen?“ fragte ich und erwartete eine verneinende Antwort, da der Milliardär seit vielen Jahren die Öffentlichkeit mied.

„Ja, ich habe ihn getroffen. Oft sogar.“

Ich bohrte nach. „In letzter Zeit? Es gibt Gerüchte, daß er gestorben ist.“

„Ash Hurdstone ist nicht gestorben“, erklärte Siobhan. „Ich müßte es wissen. Er ist mein Vater.“

19

Am Morgen hatten die Bilder der Nacht die surreale Hyperrealität eines Traums. Wir hatten noch eine halbe Stunde geredet, bevor sie gegangen war. Ich hatte meine Identität nicht preisgegeben, sondern weiter behauptet, Dana Wright zu sein. Ich hatte Siobhan über die Hurdstone Peace Foundation ausgequetscht, und sie kannte sich glänzend aus.

Siobhan – Ash Hurdstones Tochter? Das war nicht unmöglich. Aber war es wahrscheinlich?

Als sie sich in dem beengten Raum mit ihrer Kleidung abmühte, stellte ich ihr eine letzte Frage. „Dieses Attentat – hast du die Absicht, es irgendwie zu verhindern?“

Sie band sich gerade die Stiefel zu und wurde bei dieser Frage plötzlich ganz still. „Die kurze Antwort ist ja“, sagte sie schließlich, „die verzwickte Sache ist nur, wie man das anstellt, ohne bei den anderen in Verdacht zu geraten. Ich denke, vielleicht bist du die Lösung für dieses Problem."

Ich hätte gern gefragt, wieso, doch Siobhan erklärte ganz richtig, wir seien beide erschöpft und sollten weiterreden, wenn wir unsere Sinne wieder beieinander hätten.

Als sie sich hinkniete, um die Zeltklappe zu öffnen, sagte sie: „Denk drüber nach, Dana. Ich habe die Gelegenheit ergriffen und dir gesagt, wer ich bin. Willst du mir nicht auch vertrauen?"

Ich hatte erwartet, die ganze Nacht hellwach zu sein, doch sobald Siobhan gegangen war, überprüfte ich das Bett, das wundersamerweise heil geblieben war, und fiel sofort in einen tiefen traumlosen Schlaf.

Im klaren Licht des Morgens ging mir auf, daß sie, wenn sie von Hurdstone eingeschleust und noch dazu seine Tochter war, irgendwo in der Nähe eine Stütze, eine Rückversicherung haben mußte. Siobhan war seit drei Jahren ein vertrauenswürdiges Mitglied von Edification und hatte beim Errichten des Ausbildungslagers mitgewirkt, also kannte sie die Gegend wie auch die Sicherheitsvorkehrungen in Camp E. Was für ASIO unmöglich gewesen war, war für sie sehr wohl möglich. Wenn ich ihre Stütze zu Gesicht bekäme, wäre ich geneigt, ihr zu glauben.

Siobhan kam spät zum Frühstück. Sie wirkte hohläugig und erschöpft, und selbst ihr glänzendes Haar hatte vor Müdigkeit die Spannung verloren. Ich dachte, sie würde mich bewußt ignorieren, doch sie kam geradewegs an meinen Tisch, wo ich mit Patsy und Cliff saß, und sagte: „Nach eurer Teamsitzung findet für alle ein Mentoring statt. Dana, ich bin mit deiner Auffassung von den Details, über die wir gestern gesprochen haben, nicht zufrieden, deshalb möchte ich, daß du dich darauf einrichtest, gegebenenfalls über die Pause hinweg bis zum Abendessen mit mir zu arbeiten."

Ich hielt es für angebracht zu protestieren: „Was denn, ich tue doch wirklich genug."

Siobhan zuckte nicht mit der Wimper. „Wir stellen hier hohe Anforderungen."

„Na gut", gab ich nach.

Als sie sich abwandte und sich beim Frühstücksbuffet anstellte, sagte Cliff mitfühlend: „Gott, das ist ein bißchen happig."

„Strenge Zuchtmeisterin", gab Patsy ihren Senf dazu und schickte Siobhan einen kalten Blick hinterher. „Manchen steigt sie zu Kopf – die Macht, meine ich. Vor allem Frauen. Du solltest dich bei Konrad beschweren."

„Siobhan möchte nur, daß Team Orange gut abschneidet."

Bei dem Wort Team schnaubte Patsy bitter. „Ich habe beantragt, von Team Gelb zu wechseln, aber umsonst. Ich kann diesen kleinen aufgeblasenen Sack nicht ausstehen." Diesmal richtete sich ihr Laserblick auf Mokhtar. „Man könnte meinen, er sei der einzige Mensch auf der Welt, der ein Attentat erfolgreich durchziehen kann."

Über die Unangemessenheit dieser Bemerkung mußte ich grinsen, ernüchterte aber sofort bei bei dem Gedanken an Rex Leffing. Könnte ich nur sicher sein, daß Siobhan die Wahrheit sagte, dann hätte ich vielleicht die Chance, eine Nachricht an die Außenwelt abzusetzen.

„Macht mal dalli", sagte Joyce mit säuerlicher Miene. „Verflixt! Diese Gruppe ist der hoffnungsloseste Fall, den ich je hatte."

Ihr Bombentrupp, ich inklusive, hechelte den Pfad entlang, der Schweiß troff uns vom Gesicht. Die Sonne war durch die Wolken gedrungen, wodurch es unendlich schwül geworden war. Die Luftfeuchtigkeit war nahe an hundert Prozent. Es kam mir vor, als wateten wir in heißem Wasser.

Jede von uns schleppte irgend etwas. Ich hatte nicht gefragt, was sich in dem Rucksack befand, den Joyce mir gereicht hatte, aber in meiner Paranoia hatte ich ihn bei erster Gelegenheit mit einem anderen vertauscht.

Joyce hatte uns in einer Reihe antreten lassen und erklärt, daß wir in eine Schlucht hinabsteigen würden, wo die Detonationen unserer Bomben nicht soviel Lärm machten. Sie schritt flott voran, und wir hasteten hinter ihr her.

Jetzt kamen wir zum schwierigen Teil, dem Abstieg in steilen Serpentinen. Manchmal mußten wir uns etwas zum Festhalten suchen und sehr aufpassen. Insekten umschwirrten unsere Gesichter und schienen es besonders auf Rob abgesehen zu haben, der vergeblich nach ihnen schlug.

Ich bemerkte, daß sich Evonne trotz ihrer Körperfülle gewandt bewegte. Fergus auch. Patsy hatte Probleme, und schließlich übernahm Fergus ihr Gepäck.

Das war keinem plötzlichen Kavaliersgefühl bei ihm zu verdanken, sondern Joyce brüllte ärgerlich: „Du lieber Himmel, Fergus, nimm endlich Patsy den Rucksack ab, bevor sie kopfüber in den Abgrund fällt!“

Das Buschland war großartig. Die Bäume klammerten sich an den Steilhang, ihr verzweigtes Wurzelgeflecht reichte in alle Spalten. Wir hörten Wasserfälle, Vögel zwitscherten über uns, scheue Wildblumen verbargen sich in den Ritzen, Farnblätter wehten in der Brise, die am Berg aufstieg.

Damit sich Patsy ausruhen konnte, machten wir alle eine kurze Rast. Evonne entdeckte, daß sie neben einem großen Ast saß, auf dem eine Eidechse schlief, und schrie. Davon erwachte die große Echse natürlich und gähnte mit weitaufgerissenem Maul, woraufhin Evonne erst recht kreischte.

„Halt die Schnauze!“ fuhr Joyce sie an, die sichtlich die Geduld verlor. Unfreundliche Ratschläge erfolgten, wie Evonne am besten mit der Wildnis zurechtkäme, dann zogen wir weiter.

Der Abstieg lohnte sich wirklich, denn am Fuß bot sich uns der Anblick unberührter Natur. Die Schlucht war in Wirklichkeit ein tief eingegrabener Wasserlauf, wie Joyce erklärte, der hier ins Meer mündete, aber die scharfe Kante des Felsens nahm uns die Sicht darauf. Das dunkelgrüne Wasser sank und stieg mit Ebbe und Flut. Auf der anderen Seite fiel die Felswand steil ab, aber hier, wo wir standen, war eine breite glatte Felsbank, übersät mit herabgestürzten Steinen, viele in Stücke zertrümmert, doch einige riesige Brocken waren auch heil geblieben.

Über mir sah ich einen Seeadler mit ausgebreiteten Schwingen segeln. Unter mir trieb gelassen eine kleine Herde schwarzweißer Pelikane auf dem Wasser vorbei.

„Dort werden einige von euch ein Boot besteigen, wenn wir zu dem Anschlag aufbrechen", sagte Joyce und zeigte auf eine Reihe von Felsen, die im Meer eine natürliche Mole bildeten.

Sie ließ uns im Schatten eines herabgestürzten Felsbrokkens unsere Rucksäcke auspacken. „Geht nur nicht so nah ans Wasser", riet sie uns.

„Warum nicht?" Cliff gehörte zu denen, die das am meisten reizte, was sie nicht tun sollten.

„*Geh* halt!" sagte Joyce. „Krokos sind nicht wählerisch."

Ich konnte den anderen ansehen, daß ihnen die Beschreibung tödlicher Attacken von am Ufer im Brackwasser lauernden Salzwasserkrokodilen einfiel. Cliff mied sorgfältig das Wasser.

Am Ende der anderthalbstündigen Detonation von Rohrbomben, Rauchbomben, Streubomben und Druckgasbomben hatte ich Explosionen gründlich satt, vor allem da ich die ganze Zeit wie ein Schießhund aufpaßte, für den Fall, daß Joyce mir eine Granate herüberwarf oder eine ferngezündete Bombe hochgehen ließ, an der ich gerade vorbeikam. Meiner Wachsamkeit bedurfte es nicht, Joyce schien sich nicht für mich zu interessieren, nur für die Detonationen, ein Zeitvertreib, den sie offenbar lohnend fand.

Patsy fragte entsetzt, ob wir etwa den gleichen Weg hinaufsteigen müßten, den wir herabgekommen waren. „Ja, natürlich“, antwortete Joyce, „wenn es einen anderen Weg gäbe, wären wir den heruntergekommen, nicht wahr?“

Ich fand es schon immer schwieriger, einen steilen Berg herab- als hinaufzusteigen, und dieser war keine Ausnahme. Schweißgebadet langten wir alle in kürzerer Zeit oben an, als wir beim Abstieg gebraucht hatten, obwohl wir der scharlachrot angelaufenen, japsenden Patsy an jeder schwierigen Stelle weiterhelfen mußten. Ein Schwarm buntgefiederter Papageien beobachtete unsere Anstrengungen und kommentierte sie mit amüsiertem Kreischen.

Als wir zum Camp stapften, sehnte ich mich nach einer kalten Dusche, doch wir schafften es gerade noch rechtzeitig zum Mittagessen, und so luden wir unser Gepäck bei Joyce ab und gingen müde, verschwitzt und ungewaschen zu Tisch.

In der nächsten Stunde brachte uns Vince etwas übers Kidnapping bei, dann, nach der Nachmittagspause, folgte die Teamsitzung und anschließend unser individuelles Mentoring. Der athletische Sex, der Schlafmangel und die Anspannung, unter der ich stand, ließen den Nachmittag wie im Nebel an mir vorbeiziehen.

Meine Kräfte noch einmal mobilisierend, begab ich mich zum Verwaltungszelt, wo ich mit Siobhan verabredet war. Die Sonne war verschwunden, die graue Wolkendecke hing tief.

„Es ist zu heiß hier drinnen“, erklärte Siobhan und nahm zwei Stühle. „Komm, wir setzen uns raus und hoffen auf eine Brise.“

Mit dieser Idee waren wir nicht die einzigen, aber wir setzten uns unter einen großen Eukalyptusbaum außer

Hörweite der anderen und so, daß wir sehen konnten, wenn jemand herankam.

Ich blickte mich um und fand, daß wir sehr exponiert waren. „Ich habe Angst, daß uns jemand belauschen könnte. Hat irgendwer ein Richtmikrofon oder andere Abhörgeräte?"

„Im Gemeinschaftzelt sind ein paar Wanzen und in den Unterrichtszelten auch. Das, was hier draußen stattfindet, fürchten sie nicht."

In mir stieg der Zorn hoch. „Sie belauschen uns? Diese Schweine!"

Sie lachte auf. „Du bist ein echtes Kaliber, Dana."

„Und gestern nacht? War ich da auch ein echtes Kaliber? Oder nur eine schnelle Nummer?"

Ich hörte, wie bitter ich klang, was mir peinlich war.

Ihr Gesicht wurde weich. „Gestern nacht war... einzigartig. Aufregend. Ich kann's kaum erwarten, es wieder zu tun."

Meine Verletzlichkeit ihr gegenüber ärgerte mich. „Das ist im Moment nicht so wichtig", fertigte ich sie ab.

Da wurde ihr Gesicht ausdruckslos. Sie lehnte sich zurück und starrte mich an.

„Hast du ein Backup?" fragte ich. „Jemand in der Nähe, den du kontaktieren kannst?"

„Natürlich. Er zeltet nicht weit von hier. Er gibt sich als Biologe aus, der die tropischen Tausendfüßler studiert."

„Wie kontaktierst du ihn?"

„Ich sende ihm ein elektronisches Signal, er empfängt es mit einem Gerät, und wir treffen uns zu einer bestimmten Zeit an einem bestimmten Ort."

„Ich möchte ihn treffen."

Sie zögerte nicht. „Na gut, nach unserem letzten Vortrag heute abend. Sobald er zu Ende ist, geh zum Vorratsschuppen hinter dem Küchenzelt."

„Rate mir nicht, vorsichtig zu sein – das werde ich."

Mit eindringlicher Miene beugte sich Siobhan vor. „Dana, das volle Ausmaß von Edification kannst du nicht kennen. Ich habe drei Jahre gebraucht, um dahinterzukommen. Edification ist sehr viel komplexer, als dir bewußt ist. Es ist wie ein Eisberg, der größte Teil der Organisation verbirgt sich unter der Oberfläche. Deshalb sage ich dir, das Attentat auf Leffing sollte ablaufen wie geplant – es wird als wichtige PR-Geschichte erachtet, womit potentielle Klienten geworben und der Ruf der Organisation gestärkt werden soll. Einige hohe Tiere von Edification werden in Sydney sein, um den Anschlag zu sehen."

„Du könntest auch eine fantastische Geschichte erfunden haben."

Zum erstenmal wirkte Siobhan niedergeschlagen. „Das könnte sein."

Ich fühlte mich unruhig, in der Falle, wütend, zwang mich aber mit Mühe zu Ruhe und Vernunft. Wenn Siobhan die war, die zu sein sie behauptete, war sie jede Sekunde des Tages in Lebensgefahr.

„Da ist noch etwas", sagte sie mit besorgtem Gesicht. „Ich glaube, daß Norbert Cummins dir auf den Fersen ist."

Mir ging auf, daß sie ihn nicht meinen Bruder genannt hatte. „Erzähl mir die schlechte Nachricht."

„Ein junger Mann in Sydney, Howie Bradley, ist ermordet worden. Zu Tode geprügelt."

„Howie? Vom TrekTrak-Büro in Annandale?" Ich sah ihn direkt vor mir sitzen mit seinem Pornoheft in der Hand und dem tanzenden Adamsapfel. „Du glaubst, Norbert hat damit zu tun?"

„Ja. Aber Konrad ist sich nicht sicher, und den anderen ist es egal. Ich bin überzeugt, daß Howie Aufzeichnungen besaß, weil er TrekTrak für eine finstere Sache hielt. Er hat alles zusammengetragen, was er konnte, weil er überzeugt war, irgendwie Geld herausschlagen zu können."

Wieder erstand das Bild vor mir, wie Howie dasaß und sich für nichts anderes als sein Pornoheft zu interessieren schien. Aber natürlich konnte er die Ohren gespitzt und auf jedes Wort gelauscht haben, das zwischen Brit und mir gewechselt wurde.

Wir sahen beide auf, als Konrad herankam. „Entschuldigt die Unterbrechung, aber ich muß dich unbedingt sprechen, Siobhan. Tut mir leid, Dana."

„Hey, eine Pause kommt mir gerade recht", sagte ich erfreut, „das ist ja ganz schön anstrengend."

Ich redete mir ein zu meditieren, tatsächlich aber döste ich diese Viertelstunde lang, die sie fort war. Ich unterdrückte ein Gähnen, als sie zurückkam. „Irgend etwas Welterschütterndes?"

„Ich fürchte, ja. Der Zeitpunkt des Anschlags wurde auf Ende nächster Woche vorverlegt."

„Nächste Woche? Die Zeit reicht doch gar nicht zur Vorbereitung."

„Ursprünglich sollte er in drei Wochen passieren, bei der Preisverleihung des Oberbürgermeisters von Sydney, der Leffing im Rathaus den Lightner Humanitarian Award verleihen wird. Das wurde vorverlegt, weil Leffing als Delegierter an der Konferenz über den weltweiten Terrorismus in Genf teilnimmt. Jetzt muß alles ganz schnell gehen, aber Konrad sagt, Edification will das Attentat trotzdem durchziehen als symbolische Geste gegen die Konferenz."

Sie berührte meinen Arm. Ich war wie elektrisiert. „Und Team Orange wird den Anschlag ausführen. Das bedeutet natürlich, daß du den tödlichen Schuß abfeuern wirst."

„Gut", sagte ich und meinte es auch. Wenn das Attentat denn passierte, hätte ich immerhin eine gewisse Kontrolle über das, was geschähe.

***

Als ich zum Vorratsschuppen schlich, drang der Mond durch die Wolken am Himmel. Ein wenig Sprühregen war gefallen, deshalb waren die meisten noch im Gemeinschaftszelt oder machten sich gerade fürs Zubettgehen fertig. Ich machte um das Küchenzelt einen großen Bogen und schlüpfte unter den Bäumen durch auf die undeutlichen Umrisse des Schuppens zu.

„Hier", wisperte Siobhan und zog mich hinter den kleinen Wellblechschuppen. „Das ist Jeff."

„Hallo", sagte die kräftige Gestalt neben ihr. „Folgt mir."

Wir gingen tief in den Busch, Jeff führte uns so sicher an, als wäre heller Tag, ich folgte ihm auf dem Fuß, Siobhan hielt sich dicht hinter mir. In einiger Entfernung vom Camp hielt er an. „Stell dich hinter diesen Baum hier, Dana. Ich möchte, daß du mich erkennst, wenn du mich wiedersiehst."

Er hatte einen englischen Akzent, nicht ganz so stark wie Siobhan. aber auch sehr nett. Seine Taschenlampe beleuchtete ein breites Gesicht mit markanten Zügen, buschigen Augenbrauen und einem breiten humorvollen Mund. „Jetzt laß mich dich ansehen." Als ich ins Licht blinzelte, sagte er: „Du ähnelst Dana Wright, aber du bist es nicht."

„Sag bloß nicht, du behauptest, ihr zweitbester Freund zu sein. Ist es so?"

Sein Lachen war angenehm. „Kaum. Ich kannte ihre Eltern und habe sie ein paarmal in London getroffen."

Siobhan ergriff meine Hand und verschränkte ihre Finger mit meinen. *Ach verdammt,* dachte ich, *für eine Falle ist das zu ausgefeilt. Wenn Konrad und Co. mich im Verdacht hätten, würde Vince mir jetzt gleich eins überbraten.*

„Ich heiße Denise", sagte ich. „Denise Cleever. Ich bin von ASIO."

20

„Denise?“ sagte Siobhan. „Ich glaube, Dana gefällt mir besser.“

Jeff erklärte ganz geschäftlich: „Wir haben nicht viel Zeit. Du kannst nicht lange weg bleiben. Wir müssen einen Plan machen. Rasch.“

Ich sagte: „Das Attentat muß nicht passieren. Die Verhaftungen können erfolgen, wenn alle den Ort hier verlassen. Siobhan und ich können genügend Beweise für die Verurteilung liefern.“

„Das kann so nicht laufen.“ Siobhans leise Stimme klang beschwörend. „Alles, was mein Vater und die Stiftung geleistet haben, um Edification zu zerschlagen, wäre vergebens gewesen, wenn du nur die Mitglieder des Camps verhaften läßt. Ich sagte dir schon, daß ein gigantisches geheimes Netzwerk existiert, und diese Strippenzieher im Hintergrund müssen ans Licht gezerrt werden. Die Hurdstone Peace Foundation ist bereit, alles was wir darüber wissen, mitzuteilen, wenn Edification dadurch zerschlagen wird.“

„Ihr seid bereit, mit dem australischen Geheimdienst zusammenzuarbeiten?“ Eine solche Kooperation war für die Hurdstone Foundation absolut unüblich.

„Mein Vater hat mir die Entscheidung überlassen. Und ich sage, unter diesen zwingenden Umständen geben wir unsere Erkenntnisse preis.“

Jetzt war ich zu tief drin für einen Rückzieher. Wenn Siobhan mich reinlegte, war es zu spät, irgend etwas zu verhindern. Ich wandte mich an Jeff: „Ich gebe dir jetzt eine Telefonnummer und die Nummernfolge, die du anschließend wählen mußt. Daraufhin wirst du mit Livia sprechen. Du brauchst zwei Codewörter."

Siobhan lachte, als ich sie nannte. *„Jodelnder Oktopus?*" sagte sie. „Und *Abartige Zweideutigkeit?* Das stammt von dir, stimmt's?"

„Wie kommst du darauf?"

„Das klingt einfach nach dir."

Jeff und Siobhan berieten rasch die Logistik, dann sagte Jeff mir auf Wiedersehen und verschwand lautlos im Dunkeln.

„Wir sollten getrennt zurückkehren." Siobhan hielt wieder meine Hand. „Wir müssen vorsichtig sein. Es herrscht höchste Alarmstufe. Für Konrad und die anderen steht viel auf dem Spiel, es ist äußerst wichtig, daß diese Übung erfolgreich ist."

Wir küßten uns lange, den Moment unserer Trennung hinauszögernd, und verabredeten auch kein weiteres Rendezvous. Auf meinem Rückweg zum Camp erfüllte mich eiserne Entschlossenheit. Wenn Siobhan gewillt war, drei Jahre ihres Lebens zu opfern, um Edification zu zerschlagen, würde ich meinen Teil dazu tun, sicherzustellen, daß dieses Ziel auch erreicht wurde.

Die nächsten Tage waren hart. Das einzig Positive war, daß Joyce ihre Animosität mir gegenüber offensichtlich zurückgestellt hatte, solange sich alle auf das Leffing-Attentat konzentrierten. Mokhtar war – wie vorherzusehen – stocksauer, als er hörte, daß Team Orange dafür auserwählt war. Es reichte ihm nicht, daß sein Team Gelb zur Ablenkung den Pseudoanschlag ausführen und auf dem Flughafen von Sydney kleinere Sprengsätze hochgehen lassen sollte, die mehr Lärm und Rauch als ernste Schäden verursachen würden. Mokhtar war aufs Töten erpicht. Die Vorstellung, daß er verhaftet würde, behagte mir ungemein.

Gary hatte die Leitung der Vorbereitung der Mission übernommen und hämmerte uns erbarmungslos ein: „Wir wollen, daß ihr das Opfer tötet, nicht verwundet. Ziel auf den Kopf, Dana.“

Ein Kopfschuß war sehr viel schwerer zu vollstrecken, und ich übte Stunden um Stunden mit der Waffe, die mir Edification für das Attentat gab – ein handlicher kleiner Smith & Wesson-Revolver. Er hatte nur fünf Schuß im Magazin, aber Gary erklärte, wenn ich meinen Job richtig machte, sollte ich nicht mehr als einen brauchen.

Das war nicht die Waffe, die ich selbst gewählt hätte. Ich hätte meine kleinere kompaktere Glock immer vorgezogen, aber ich hatte hier nicht die Wahl, und alle Waffen mit kurzem Lauf hatten das gleiche Problem – mangelnde Zielgenauigkeit. Obendrein war sie mit einem Schalldämpfer versehen, mit so etwas hatte ich noch nie geschossen. Trotzdem war ich stolz auf meine Treffsicherheit, und Gary war sehr zufrieden mit mir.

Als Team studierten wir Ort und Umfeld des Attentats ganz genau, beugten uns über Straßenpläne und Landkarten und spürten die verschiedensten Fluchtwege auf. Der Schauplatz war ideal für das Attentat, da das Rathaus von Sydney, ein reichverziertes viktorianisches Gebäude mit Glockenturm, in der belebtesten Gegend der Innenstadt lag. Von dort gingen viele Straßen ab, und außerdem stand zur Flucht auch die U-Bahn zur Verfügung. Die Umgebung bestand aus Büro- und Geschäftsgebäuden, und gleich neben dem Rathaus schloß sich das Victoria Building an, ein Komplex von Geschäften und Restaurants mit ungezählten Ein- und Ausgängen.

Wegen der Kürze der Zeit übernahmen Brit und Vince die Planung der An- und Abreise. Um als größere Gruppe, die potentiellen Zeugen auffallen könnte, keinen Verdacht zu erregen, wurden wir in Zweiergruppen aufgeteilt, die jeweils unter der Führung eines Ausbilders oder einer Ausbilderin eine andere Route nähmen.

Ich wurde mit Wade zusammengesteckt – hier war seine Verwechselbarkeit ein echter Vorteil –, unter Führung von Konrad. Ich hatte auf Siobhan gehofft, aber vielleicht war es besser, wenn man uns nicht soviel zusammen sah.

Konrad, Wade und ich sollten mit einem Fischerboot die Küste entlang nach Derby fahren und dort ein Flugzeug nehmen. Die anderen nähmen die gleiche Route von Kununurra wie auf der Herfahrt beziehungsweise den Ibis-Luftweg beziehungsweise die lange Strecke nach Broome.

Ich hatte kaum noch die Möglichkeit, Siobhan privat zu treffen. Die Sicherheitsmaßnahmen wurden verschärft, und von nun an wurde die ganze Nacht über Wache gehalten. Wir stahlen uns manchmal für einen Augenblick davon, doch damit setzten wir unseren Plan aufs Spiel, Edification zu zerschlagen, deshalb waren unsere Begegnungen überaus angstbesetzt. Und ich machte mir Sorgen in bezug auf ihre Sicherheit. Infolge der erhöhten nächtlichen Alarmbereitschaft traf sie sich ein paarmal tagsüber mit Jeff und berichtete mir, daß Vince, dem die Verantwortung für die Sicherheit des Camps am Tag übertragen worden war, sie beinahe zusammen erwischt hätte.

Wir hatten unsere Konfektionsgrößen angegeben und bekamen entsprechend unserer Rolle, die wir spielen sollten, individuelle Kleidung verpaßt. Am Tag bevor wir nach Sydney aufbrachen, färbte Brit mein blondes Haar in ein sattes Dunkelbraun. Die Wirkung war ein ziemlicher Schock für mich, als ich mich im Spiegel anschaute und mein vertrautes Gesicht dunkel umrahmt fand.

„Wie gefällt es dir?“ fragte ich Brit.

Sie musterte mich, als sei ich ein Wesen von einem anderen Stern. „Nicht schlecht.“ Sie strich sich über das eigene makellose Haar. „Ich finde dich blond besser. Ich meine, es hat etwas Beschwingteres, wenn du weißt, was ich meine."

Vor dem Abendessen rief mich Gary ins Verwaltungszelt. Alle Ausbilderinnen und Ausbilder waren zugegen und betrachteten interessiert mein brünettes Selbst. Sogar Vince machte mir ein kleines Kompliment, was für ihn ganz außergewöhnlich war. Ich war zu dem Schluß gelangt, daß mein Charme ihn so für mich eingenommen hatte. Oder es lag an der Tatsache, daß ich ihn bei einem so ernsten Thema wie Kidnapping zum Lachen gebracht hatte.

„Was das Attentat angeht", kam Gary direkt auf den Punkt, „hat Konrad dir noch ein paar Dinge zu sagen."

Ich blickte Konrad aufmerksam an. Mit unbewegtem Gesicht erklärte er: „Ich muß dich nicht damit beeindrucken, wie immens wichtig es ist, daß der Anschlag gelingt. Es ist ebenso entscheidend für dich wie für Edification. Deine Waffe hat fünf Schuß. Gary versichert mir, daß du nur einen brauchst, höchstens zwei."

Er sah die anderen AusbilderInnen an, ehe er fortfuhr: „Wir alle stimmen darin überein, daß, sollte jemand aus deinem Team verwundet oder unmittelbar geschnappt werden und du bist nahe genug, du einschreiten sollst – knall sie ab."

Ich zwang mich zu einem Lächeln. „Und was ist mit mir? Soll ich in einer solchen Situation Selbstmord begehen?"

„Das wäre wohl zuviel verlangt, deshalb..." Konrad deutete mit dem Kopf in Garys Richtung.

Gary grinste. „Tut mir leid, Schätzchen. Aber vertrau mir, dich zu erschießen wäre der letzte Ausweg, das verspreche ich."

21

Es ist ein frischer Herbsttag in Sydney, ein kühler Wind dämpft die Wärme der Sonne. Ich weiß, daß Agenten von ASIO und die Bundespolizei sich in der Menge befinden, die sich vor dem reich ornamentierten Sandsteingebäude des Rathauses versammelt haben.

Wenn ich den Kopf nach hinten drehe, sollte ich Evonne und Wade ausmachen können, die darauf warten, ihre Rollen zu spielen. Die beiden haben laute Stimmen, und darauf kommt es an.

Einen Moment lang habe ich den Eindruck, der Mann neben mir sei Norbert, und mein Magen verkrampft sich, doch dann dreht er den Kopf, und ich sehe, daß es jemand anders ist. Mein Blick schweift suchend über die Menge, aber die Logik beruhigt mich: Selbst wenn Norbert hier ist, wird er mich nicht erkennen, weil er ja die echte Dana Wright sucht.

Ich blicke mich um und entdecke Jeff. Er steht hinter dem Pulk der Reporter, die am Fuß der Rathaustreppe warten, und nickt mir fast unmerklich zu. Ich weiß, daß er mich bestärken will, aber bei der nächsten Gelegenheit – falls ich sie denn bekomme – werde ich ihm stecken, daß das dumm und unvorsichtig war.

Gary, der ganz gelassen aussieht, befindet sich zu meiner Rechten. Er wird uns den Rückweg freihalten oder mich, wenn nötig, exekutieren.

Fergus steht neben mir, eine Fernsehkamera auf der Schulter. Er trägt Handschuhe. Ich erwarte, daß er etwas sagt, doch er starrt nur wie hypnotisiert auf die Treppe. Ich warte, einen Notizblock in der einen Hand, das Mikrofon in der anderen – bloß eine von der Presse, die darauf wartet, daß sich etwas tut.

Trotzdem unterscheide ich mich ein wenig. Ich trage nämlich fleischfarbene Handschuhe und einen Revolver im Taschenhalfter, so daß keine verräterische Ausbuchtung in meiner schlichten Jacke zu sehen ist. Ich trage einen marineblauen Hosenanzug, nett, aber unauffällig. Ich habe eine dunkle Brille mit großen Gläsern auf, und mein braungefärbtes Haar hat einen Mittelscheitel, den ich niemals tragen würde.

Oben auf der Treppe entsteht Bewegung. „Aus dem Weg, Leute", sagt Fergus und drängt vorwärts. Der Reporter starrt auf das Geschehen da oben und übersieht ihn. Die Ehrengäste treten heraus, lächeln in die Fernsehkameras. Ohne zu lächeln erscheint jetzt Rex Leffing, neben ihm der Oberbürgermeister in vollem Ornat unterhält sich angeregt. Mir kommt urplötzlich der Gedanke, daß ich versehentlich auf ihn schießen könnte.

Wir von der Presse drängen die Treppe hoch. Ich komme näher, näher. Ich stecke das Notizbuch in die linke Tasche, umfasse mit der behandschuhten Rechten den Revolver. Der war ursprünglich silber, wurde dann aber schwarz gespritzt, damit er nicht die Sonne reflektiert.

„Ziel auf seinen Kopf", hatte man mir eingebleut. Ich ziele auf Leffings Herz. Der Revolver klickt in meiner behandschuhten Hand. Ein Zischlaut ist zu hören. Leffing wirkt überrascht – sogar durch die kugelsichere Weste, die er trägt, wird er sich eine schlimme Prellung zuziehen.

Er geht zu Boden. Jemand schreit. Leffings Bodyguard zieht seinen Revolver, aber ich weiß, daß er nicht schießen wird.

Wie auf Kommando kreischt Evonne los – ich muß zugeben, das macht sie toll – und zeigt zur Seite, während Wade brüllt: „Haltet ihn! Da läuft er! Er hat eine Waffe!" Die Leute recken die Hälse, während die in der Nähe des vermeintlichen Schützen in Deckung gehen.

In diesem Moment sollte am Sydney International Airport unter der Aufsicht von Joyce und Siobhan der gleiche Tumult stattfinden, denn Team Gelb hat in der Abfertigungshalle Rauchbomben und Knallkörper detonieren lassen.

Ich habe meinen Revolver sofort ins Halfter zurückgesteckt, Fergus legt die Fernsehkamera auf die Treppe, wir verschwinden rasch in Garys Richtung. Wade und Evonne sind bereits in der Menge untergetaucht und machen einen weiten Bogen um das Rathaus zu den beiden wartenden Taxis – die in Wahrheit natürlich keine sind. Konrad wird in dem einen sitzen und unseren Bericht erwarten.

„Ich sagte Kopfschuß“, stößt Gary wütend hervor.

„Tut mir leid“, sage ich, „aber ich hab' ihn auch so erledigt.“

22

Als wir uns alle vor dem Anschlag in Sydney getroffen hatten, war es in einem Haus im Außenbezirk West Ryde gewesen. Ein schäbiges unauffälliges Gebäude mit verwildertem Garten und Billigmöbeln. Dort hatten wir unsere Rollen ein letztes Mal geprobt und nach Pizza und Bier jeweils zu dritt in einem Zimmer campiert, früh am Morgen hatten wir ein Fast-food-Frühstück vom nächsten McDonald verzehrt.

In dem Haus in West Ryde hatte ich drei weitere Leute von Edification kennengelernt, Irene, John und Randall, und mir automatisch alles eingeprägt, was zur späteren Identifizierung beitrüge. Ich wußte, daß das nicht unbedingt nötig war, da Siobhan Jeff die Einzelheiten unserer Reisepläne mitgeteilt hatte, der sie Livia übermittelte, so daß ASIO uns seit Verlassen der Kimberleys unter Beobachtung hätte.

Mich interessierte vor allem die Machtposition der Ausbilderinnen und Ausbilder sowie der drei neuen Mitglieder von Edification. Vince und Aaron waren in Camp E zurückgeblieben – somit waren fünf AusbilderInnen in Sydney: Konrad, Joyce, Brit, Gary und Siobhan.

Irene und John standen in der Hackordung eindeutig über Brit, Gary und Siobhan, aber Konrads und Joyce' Position war höher. Randall war der unterste in der Gruppe.

Bald wurde klar, daß Konrad am meisten zu verlieren hatte, wenn der Anschlag irgendwie schiefging. Der wurde gelegentlich als „Konrads Anschlag" bezeichnet, und seine Sorge, daß alles reibungslos ablief, war offensichtlich.

Jetzt, in der Phase nach dem Anschlag, war Konrad vorsichtig optimistisch. Als der Fahrer uns in dem falschen Taxi über die Sydney Harbour Bridge chauffierte, drehte sich Konrad auf dem Beifahrersitz zu uns um und sagte: „Ein erfolgreicher Anschlag, denke ich."

„Es war absolut Spitze", sagte Fergus, der pausenlos redete, seit wir im Taxi saßen. „Wir standen so da und warteten eine Ewigkeit, bis Leffing herauskam, und dann –"

„Dana, wie ist deine Einschätzung?" fiel Konrad ihm rüde ins Wort.

„Null Probleme. Alles lief glatt."

Gary war noch immer sehr irritiert. „Dana hat auf den Körper geschossen, nicht auf den Kopf."

Ich hob entschuldigend die Hände. „Ich kriegte den Kopf nicht klar ins Visier. So schoß ich ihm direkt in die Brust."

Konrad ließ sich seine Sorge anmerken. „Du glaubst, er ist tot, oder nicht?"

Ich zuckte die Achseln. „Wenn nicht, wird er's bald sein."

In den Seitenstraßen von Waverton wechselten wir das Fahrzeug und ließen den Revolver beim falschen Taxifahrer.

Gary fuhr uns nach Roseville, wo wir noch einmal den Wagen wechselten. In beiden Fahrzeugen wurde die Nachricht durchs Radio gegeben, daß auf Leffing geschossen worden war, daß er sich auf der Intensivstation befand und über seinen augenblicklichen Zustand nichts bekannt sei.

Wir kehrten nicht in das Haus nach West Ryde zurück, sondern zu einem anderen Unterschlupf im renommierten Vorstadtbezirk Mosman. Das Haus war eine ganze Klasse besser, ein Anwesen mit imposantem Schmiedeeisentor und dem Panoramablick über Sydney Harbour hinweg.

Brit empfing uns an der Tür. Strahlend klopfte sie mir auf die Schulter. „Gut gemacht, Dana!“

Neben ihr stand ein Mann, der Autorität ausstrahlte. Er war früh ergraut, hatte ein tiefgebräuntes brutales Gesicht und eine kultivierte Stimme. Er stellte sich als Larry vor und winkte uns herein.

„Wie lautet die neueste Nachricht?“ erkundigte sich Konrad, sobald die Tür sich hinter uns schloß.

„Leffings Zustand wird als kritisch bezeichnet. Aber er ist nicht tot.“

Bei Larrys Kritik preßte Konrad die Lippen zusammen und starrte mich mit kaltem Blick an.

„He, Jungs“, sagte ich, „der stirbt garantiert. Das könnt ihr mir glauben.“ Da war ich mir ganz sicher, denn schließlich kannte ich ASIOs Szenario dieser Situation.

Larry wirkte verblüfft über diese lässige Anrede. „Ich bewundere deine Zuversicht, Dana“, sagte er trocken.

Jetzt trafen die anderen ein, und wir setzten uns ins geräumige Wohnzimmer vor den Fernseher. Ich hütete mich, in Siobhans Richtung zu schauen. An diesem entscheidenden Punkt durfte nichts darauf hindeuten, daß wir mehr waren als Ausbilderin und Auszubildende.

Mokhtar grinste hämisch, als er mich sah. „Du hast's versaut!“ erklärte er. „*Ich* hätte Leffing glatt umgelegt.“

„Wie ist euer Feuerwerk am Flughafen gelaufen?“ stieß ich ihn bewußt auf seine zweitrangige Rolle.

Mokhtar funkelte mich an. Patsy, die irgendwo eine Dose Nüsse aufgetrieben hatte und sie fröhlich verdrückte, antwortete: „Es war toll. Alle haben geschrien und gerufen und sind durcheinandergerannt.“

Cliff betätigte die Fernbedienung und zappte von Kanal zu Kanal. Offensichtlich hatte das Attentat die meisten normalen Programme verdrängt, denn ein ernst dreinblickender Nachrichtensprecher nach dem anderen erschien auf dem Bildschirm.

„Gib mir das Ding!“ Evonne schnappte Cliff die Fernbedienung weg. „Du bist wie mein verdammter Sohn – der kann auch nie mehr als ein paar Sekunden bei einem Sender bleiben.“

Sie wählte einen Kanal. „Ich mag diesen Typ“, erklärte sie, als ein onkelhafter Nachrichtenmoderator ins Bild kam. Evonnes Timing war exzellent. Gerade sagte er, das Gesicht in Dackelfalten gelegt: „Wir haben erschütternde Nachrichten. Der ehemalige Polizeidirektor Rex Leffing, der eben mit dem Humanitätspreis der Stadt ausgezeichnet wurde, erlag seiner schweren Verletzung infolge eines Attentats heute nachmittag vor dem Rathaus von Sydney.“

Jemand klatschte tatsächlich. Konrad seufzte: „Gott sei Dank.“

Larry schüttelte lächelnd den Kopf. „Das kann man wohl sagen. Wie wär's mit Champagner für alle, hm?“

Ich schloß mich der Feier an, wurde aber das Bild nicht los, wie die Ärzte sich über den schmerzverzerrten Leffing beugten und seine Prellung auf der Brust untersuchten. Man würde ihn irgendwo unter Verschluß halten, bis alle möglichen Mitglieder von Edification identifiziert waren.

Der Unterschlupf in West Ryde würde bereits scharf bewacht, verdeckt natürlich, das Telefon angezapft, das Haus mit Richtmikrofonen abgehört, und auf der Straße stünden Fahrzeuge mit Peilsendern. Wer immer das Haus betrat, würde fotografiert, wer herauskam, verfolgt, und wer immer kontaktiert wurde, ginge ins Überwachungsnetz.

So rasch wie möglich würden auch das Mosman-Haus und seine Bewohner überwacht.

Da nichts die Führungsspitze von Edification alarmieren durfte, daß ASIO und andere Geheimdienste Informationen zusammentrugen, um die Organisation zu zerschlagen, mußte alles normal erscheinen. Was bedeutete, daß Siobhan und ich unsere Rolle weiterspielen mußten und das Camp in den Kimberleys unangetastet blieb.

Konrad hatte beschlossen, daß die Rückkehr ins Trainingscamp gruppenweise erfolgen sollte. Er, Wade und ich würden als erste aufbrechen. Noch am gleichen Tag flogen wir drei von Sydney die gleiche Route zurück, die wir gekommen waren.

Während des Fluges versuchte ich, mich zu entspannen, aber die Unruhe ließ mich nicht los. So vieles konnte schiefgehen, vor allem bei der Vielzahl von Agenten, die hier und in Übersee in die Ermittlungen involviert waren.

Als ich die *Sea Vagabond* uns in Derby erwarten sah, beschloß ich, meine Sorgen und Bedenken zu verdrängen und die letzte Strecke unserer Reise zu genießen. Zuviel Zeit in Konrads Nähe zu verbringen, zerrte an meinen Nerven, und immer hatte er bei jeder Etappe im Flugzeug Richtung Derby neben mir sitzen wollen.

Wade war auch nicht gerade ein idealer Reisegefährte, da die Unterhaltung mit ihm über einen längeren Zeitraum gnadenlos enthüllte, was für ein unglaublich langweiliger Zeitgenosse er war. Ich versuchte den Trick, mich selbst mit der Frage zu unterhalten, was ich an ihm so ermüdend fand, aber auch das ödete mich so an, daß ich es gleich wieder ließ.

Schon bald beruhigte mich der Blick auf Meer und Himmel. Unser Boot blieb relativ nahe an der Küste, tuckerte an zahllosen Armen, Buchten und Flußmündungen vorbei, an absolut unberührten Gegenden des Urwalds, wo nur Vögel und Tiere regierten. Steile Felswände ragten aus dem ruhigen Meer, das in sanften Wellen heranschwappte. Hin und wieder sahen wir eine Yacht oder einen Kabinenkutter, doch die meiste Zeit war es, als wären wir die einzigen menschlichen Lebewesen auf der Welt, die an unberührten Küsten entlangschipperten.

Ich plauderte eine ganze Weile mit Lyle, dem Kapitän. Er war ein alter Seemann, Salz bis auf die Knochen, der sein ganzes Leben auf dem Meer verbracht hatte und mir anvertraute, daß er die Zeit an Land, auf dem Trockenen, eher beunruhigend fände. Er war sehr belesen, und wir diskutierten eine Zeitlang über Conrad und *Herz der Finsternis*. Dann brachte ich die Rede auf Konrad, der mit Wade im Bug saß und den Delphinen zusah, die mit uns um die Wette durchs Wasser schnitten, tauchten und mit solcher Eleganz hochsprangen, daß ich mich danach sehnte, mit ihnen im Wasser zu sein.

Lyle erzählte mir, er hätte schon oft für Konrad gearbeitet, meistens hätte er Leute in Derby und Broome abgeholt und sie in der Nähe des Mitchel River Nationalparks abgesetzt. Als er das sagte, lachte er. „Diese Ökoreisen, die er veranstaltet – was für ein Witz! Weiche Quiche-Esser versuchen sich in der großartigen Natur durchzuschlagen."

Unvermittelt tätschelte er meine Hand. „Ich meine nicht Sie, Schätzchen. Sie sind keine von denen. Ich kann sehen, daß Sie fit und zu allem bereit sind." Er deutete mit dem Kopf in Konrads Richtung. „Sie haben etwas mit ihm, stimmt's?"

Krrr! Ich unterdrückte den Impuls, mir an die Kehle zu fassen und gurgelnde Laute von mir zu geben. Statt dessen sagte ich strahlend: „Nicht mit Konrad. Da ist jemand anders."

Ein Schuldgefühl durchzuckte mich. Wie viele jemand anders hatte ich eigentlich? Die ganze Zeit hatte ich Siobhan für eine Terroristin gehalten, was ich bis zu einem gewissen Grad damit rationalisieren konnte, daß mein Encounter mit ihr zu meinem Job gehörte und daß Roanna, wenn sie es je erführe, es verstünde. Aber jetzt...

„Jemand anders?“ Lyle zog eine Grimasse. „So ist es mir mit meiner Frau ergangen. Sie ist mit einem Taucher durchgebrannt.“ Er warf den Kopf zurück und lachte schallend. „Ich hab' ihr nie gesagt, wie mich das erleichtert hat, ich kann Ihnen sagen.“

Die Reise dauerte viele Stunden, ich döste eine Weile in einer der Kojen oder saß da und betrachtete die Szenerie. Konrad sagte kaum ein Wort zu mir, und Wade schlief die meiste Zeit.

Lyle reichte uns eine große Thermosflasche mit starkem Kaffee, dazu belegte Brote, und ich vertilgte das dicke dunkle Brot mit dem scharfen Käse und fand es köstlicher als alles, was ein Vier-Sterne-Restaurant hätte bieten können.

Schließlich erreichten wir unser Ziel. Ich konnte nicht sehen, woran Lyle erkannte, daß es einen Einschnitt in der Steilküste gab, aber er drehte ohne Zögern nach Steuerbord, tuckerte um die im Wasser liegenden Felsbrocken und Riffe herum und steuerte die *Sea Vagabond* durch den schmalen Einlaß in die Schlucht. Schwärme von Seevögeln stoben empor, als der Motorlärm von den Felswänden widerhallte.

Welch ein überwältigender Anblick, dachte ich, warf den Kopf in den Nacken, um hoch droben den Rand der Klippen zu sehen. Wild und grün und unberührt von touristischen Schmutzfinken, die Spuren von Müll hinter sich ließen, während sie die andenkenswürdigen Momente mit der Kamera festhielten, um sie später herumzuzeigen.

Nun, so ganz unberührt war sie doch nicht. Als wir langsam um die Biegung tuckerten und zur felsigen Mole kamen, war die Felsbank von den Resten der Bomben übersät, die wir in Joyce' Lehrstunde hatten explodieren lassen. Vom Wasser aus wirkten die Felsbrocken viel größer, der Steilhang, wo der Aufstieg verlief, kam mir noch steiler vor.

Lyle half uns beim Ausladen unserer Rucksäcke, schüttelte uns die Hand und legte das Boot von der Mole ab. Bevor er hinter der Biegung verschwand, ließ er sein Nebelhorn tuten, der Ton hallte dumpf von den Felsen zurück, und das Echo pflanzte sich von Bergwand zu Bergwand fort.

„Also dann“, sagte Konrad, stützte die Hände in die Hüften und ließ den Blick noch einmal über das Tal schweifen, „machen wir uns mal auf die Socken.“

Kaum hatten wir ein paar Schritte getan, tauchte plötzlich ein Mann hinter einem der Felsbrocken auf, den Doppellauf seines Gewehrs unmißverständlich auf uns gerichtet.

„Ich habe euch schon erwartet“, sagte er mit klarer englisch klingender Stimme.

Es war Norbert Cummins.

23

Norbert hatte sich nicht viel Mühe gegeben, sein Aussehen zu verändern. Sein Haar war kurz geschnitten, und er ließ sich einen Bart wachsen, ansonsten aber sah er genauso gut und selbstsicher aus wie auf den Fotos, die ich mir eingeprägt hatte. Verglichen mit unserem verknitterten Khakizeug, wirkte er unwahrscheinlich adrett. Er trug eine dunkelgrüne Hose mit passender kurzärmeliger Jacke und einen keck zur Seite gezogenen Akubrahut.

„Wer zum Teufel sind Sie?“ fragte Konrad aggressiv.

Die Frage ignorierend, starrte mich Norbert stirnrunzelnd

an, das Gewehr unverändert im Anschlag. Eine filigrane Gravierung leuchtete im Sonnenlicht auf, und mir wurde klar, daß es ein Sammlerstück sein mußte.

„Das Gewehr da – es gehört Vince", sagte Konrad.

„Vince?" wandte sich Norbert an Konrad. „Ist das sein Name? Er hat mir den Weg hier herunter gezeigt."

„Wo ist er?" fragte Wade mit aschfahlem Gesicht und zittriger Stimme.

„Dort, hinter dem Felsen."

Einen Moment lang trat Stille ein, dann sagte Konrad: „Sie haben Vince umgebracht?"

„Natürlich."

Wade gab einen unartikulierten Laut von sich und stürzte zum Steilhang. Ein Schuß krachte. Wades Hinterkopf zerbarst. Seine Beine knickten ein, er stürzte vornüber. Noch einmal zuckte er, dann lag er still.

„Ich bin ein Meisterschütze", sagte Norbert, „und ich habe noch eine Kugel im Lauf, ehe ich nachlade." Er sagte es liebenswürdig, geradezu im Plauderton. „Ich bin wegen meiner Schwester hier. Vince sagte, sie käme mit dem Boot."

Konrad war einen Moment irritiert, dann erhellte sich sein Gesicht. „Norbert Cummins."

„Richtig. Und wo ist Dana?"

„Hier", Konrad zeigte auf mich, „sie hat nur ihr Haar gefärbt und –"

„Das ist nicht meine Schwester. Verplemper nicht meine Zeit. Sag schon, wo sie ist."

Konrad starrte mich an, dann Norbert, dann wieder mich. „Du bist nicht Dana Wright?"

Das Wasser war zwei Schritte entfernt. Ich konnte schwimmen wie ein Fisch, und wenn ich tief genug tauchte, würde er mich nicht treffen. „Konrad, er hat nur noch eine Kugel. Er kann uns nicht beide erwischen", beschwor ich ihn.

Norbert gluckste. „Aber wenn du es bist, die sie abkriegt?“ Sein Gesicht wurde hart. „Setzt euch hin, ihr beide, dicht nebeneinander.“

Konrad setzte sich auf die Erde. Ich nicht, ich wußte, wenn ich erst einmal unten war, hatte ich nur noch eine geringe Überlebenschance.

„Setz dich, oder ich puste dir den Schädel weg“, befahl Norbert.

„Wenn du das tust, wirst du nie erfahren, wo Dana ist“, stellte ich fest.

Norbert kniff die blauen Augen zusammen. „Du weißt es?“

„Ich weiß es.“

Konrad funkelte mich wütend an. „Du verdammtes Miststück. Wenn du nicht Dana bist, wer bist du dann?“

„Halt's Maul“, sagte Norbert. „Du langweilst mich.“

Konrad vernichtete mich mit Blicken. „Ich mache Hackfleisch aus dir“, zischte er.

Zu meiner Überraschung machte Norbert ein paar Schritte auf uns zu, das verbesserte unsere Chance, ihn zu überwältigen. Das Gewehr war jetzt auf meinen Körper gerichtet, weil ich stand und deshalb bedrohlicher war.

Nun wandte sich Norbert freundlich an Konrad: „Hast du eine Ahnung, wo meine Schwester ist? Ich muß sie finden.“

„Nein, du blödes Arschloch.“ In seiner Wut vergaß Konrad alle Vorsicht. „Ich weiß nicht, wo deine verfluchte Schwester ist. Ich dachte, sie sei dieses Miststück hier.“

„Also bist du keine Hilfe für mich.“ Eine Erklärung, keine Frage.

Konrad wollte gerade etwas sagen, als Norbert ihm die zweite Kugel direkt ins Gesicht schoß. Dann, schneller als ich es für möglich gehalten hatte, schlug er mit dem noch rauchenden Gewehr nach mir. Der Lauf streifte mich, so daß ich die Balance verlor und fiel. Augenblicklich brach er das Gewehr auf und lud Patronen aus seiner Jackentasche nach.

Ich hockte am Boden, nahm alle Kraft zusammen und warf mich auf ihn. Meine linke Schulter traf ihn in den Magen. Wir stürzten zusammen am Rand des Wassers nieder, das Gewehr knallte auf die Felsen. Ich versuchte, es zu erreichen, aber er war schneller und sprang auf die Füße. Naß, fluchend und ohne Hut richtete er den Lauf auf mich. Ich erhob mich ganz langsam. Mein Herz hämmerte so hart, als wolle es bersten. Ich hatte meine Chance gehabt und vertan.

„Ich werde dir jetzt das Knie zerschmettern", sagte Norbert. „Das sollte reichen, dich davon zu überzeugen, mir zu sagen, wo Dana ist."

Ich sah, wie er den Finger um den Abzug legte, und machte mich zu einem letzten Sprung bereit, als hinter Norbert, wie ein grauer Alptraum, der sich aus dem Wasser erhob, ein gewaltiges Krokodil nach ihm schnappte.

Es packte ihn in Höhe der Knie. Mit einem überraschten Aufschrei verlor er den Boden unter den Füßen, die beiden Schüsse entluden sich harmlos in die Luft.

Norbert sah, was ihn gepackt hatte, und schrie gellend, die Augen vor Entsetzen weit aufgerissen. Er streckte die Hand aus. „Hilf mir! Hilf mir!"

Automatisch streckte ich die Hand nach ihm aus, doch mit einer raschen Drehung zog ihn das Krokodil ins Wasser. Wieder schrie er, und der schreckliche, hoffnungslose Schrei hallte die steilen Felswände empor.

Jetzt rollte das Monstrum mit Norbert im Rachen herum, der hellere Bauch wurde einen Moment lang sichtbar.

Vince, der ein paar Meter von mir entfernt tot dalag, hatte uns darüber einen Vortrag gehalten: „Und dann macht es die Todesrolle, es dreht sich und bricht dir das Genick."

Blasen stiegen aus dem Wasser nach oben, die letzte Luft aus Norberts Lungen. Stille. Ich schloß die Augen und wehrte mich gegen die Vorstellung, was vor meinem Blick verborgen im kalten, teilnahmslosen Wasser vor sich ging.

24

Ich überzeugte mich, daß Vince wirklich tot war – Fliegen umschwärmten den blutenden Rest seines Hinterkopfes –, dann machte ich mich an den Aufstieg aufs Kliff. Alles erschien mir so unwirklich, als befände ich mich in einer immensen virtuellen Realtitätsmaschine.

Corrina und Aaron eilten mir oben auf dem letzten Stück entgegen. „Dana, du bist zurück!“ rief Aaron. „Hast du Vince gesehen? Corrina und ich kommen gerade vom Einkauf zurück, und es sieht aus, als hätte es einen Kampf gegeben...“

Etwas in meinem Gesicht verschlug ihm die Stimme. „Was ist passiert?“ fragte Corrina.

„Mein Bruder hat sie alle umgebracht!“

Daß der gewaltsame Tod von vier Menschen Edification zu keiner polizeilichen Meldung veranlaßte, war nicht weiter verwunderlich. Als Gary, Fergus und Evonne am nächsten Morgen zurückkehrten, stiegen die Männer in die Schlucht hinab, um die Leichen zu begraben. Evonne weigerte sich strikt, irgend etwas damit zu tun zu haben.

Einige Stunden später kehrten sie mit der Nachricht zurück, daß Konrads Leichnam verschwunden war. „Krokos“, sagte Gary knapp. Das hatte sie auf die kluge Idee gebracht, die anderen der natürlichen Nahrungskette zu überantworten, sie hatten Wade und Vince ins Wasser geworfen und sie dort treiben lassen.

„Hab' zwar kein Salzwasserkroko gesehen“, sagte Fergus, der sich offenbar für einen Experten hielt, „aber als wir ans Wasser traten, Gott, war mir da mulmig.“

„Schätzchen, mach nicht so ein Gesicht", sagte Gary mitfühlend. Er funkelte Fergus an. „Erst gestern hat Dana mitansehen müssen, wie ihr Bruder von einem Kroko gefressen wurde, du dämliches Arschloch."

Ich konnte kaum die trauernde Schwester spielen, da alle wußten, daß Norbert mich umzubringen beabsichtigt hatte, aber ich konnte von dem, was ich erlebt hatte, zutiefst erschüttert sein.

„Ich kann nicht im Camp bleiben", erklärte ich. „Nach allem, was ich mitansehen mußte..." Mutlos ließ ich den Kopf hängen. „Es war sehr viel schrecklicher, als ihr euch vorstellen könnt."

Und das war nicht mal gelogen. Ich konnte kaum erwarten, so weit wie möglich von hier wegzukommen. Vielleicht hätte ich dann nicht ständig diese Bilder vor mir.

Es brauchte einige Wochen, um sämtliche Spuren zu verfolgen, auf die man bei der Beschattung gestoßen war, dann schlug die Staatsgewalt in einem Großeinsatz im Morgengrauen zu und verhaftete die Mitglieder von Edification, einschließlich Larry auf seinem Mosmanschen Anwesen.

Zu diesem Zeitpunkt war Camp E bereits aufgelöst, aber außer Fergus und Mokhtar wurden alle Terroristen geschnappt. Fergus war nach Kalifornien zurückgekehrt, und als er zufällig von dem bevorstehenden Einsatz Wind bekam, türmte er über die mexikanische Grenze, bevor man ihn verhaften konnte. Mokhtar war tot, er hatte sich beim Bombenbasteln in einem Apartmenthaus in Toronto selbst in die Luft gesprengt.

Meine übrigen Compagnons in Camp E – Patsy, Rob, Cliff, Evonne, Brit, Gary und Joyce – wurden verhaftet. Joyce wehrte sich mit Klauen und Zähnen und mußte mit Pfefferspray außer Gefecht gesetzt werden. Brit, laut Presse die fotogenste der verhafteten Mitglieder von Edification, verkündete, sie habe zu Gott gefunden. Außerdem hatte sie vorsichtshalber ein paar tüchtige Verteidiger engagiert.

Nach großen Bedenken in den Reihen des Geheimdienstes wurde die Hurdstone Peace Foundation öffentlich für ihre Unterstützung bei der Zerschlagung des Terrornetzes gelobt. Daß Siobhan zur Stiftung gehörte, drang nicht nach außen – um ihre Tarnung nicht zu gefährden, wurde sie mit den anderen verhaftet. Nur wenn es absolut notwendig wäre, würde sie als Zeugin geladen, was unwahrscheinlich war, da das Beweismaterial offensichtlich ausreichte.

Livia arrangierte ein Treffen von Siobhan und mir, während sie ASIO über alles ins Bild setzte. „Und dieser Raum ist sauber", versicherte Livia mir mit wissender Miene, was mich ärgerte. „Ihr könnt also frei sprechen."

Siobhan stand am Fenster, als ich die Tür öffnete. Sie sah phantastisch aus, fand ich – und nie so wie zuvor, als könnten sich ihre Gesichtszüge je nach Willen verändern.

„Bitte mich nicht, dich Mary zu nennen", sagte ich. „Das hab ich in meiner Fantasie schon versucht, es klappt einfach nicht."

Sie grinste spöttisch. „Und du wirst für mich immer Dana sein."

„Nachdem wir das jetzt geklärt haben..." Ich kaute auf meiner Lippe. „Wie lange dauert es, bis du frei kommst?"

Sie zuckte die Achseln. „Sechs Monate, vielleicht mehr. Jeder Strafantrag wird letztlich aus Mangel an Beweisen eingestellt. Ich kann meine Arbeit nicht fortsetzen, wenn irgendein Verdacht besteht, daß ich mit der Stiftung zu tun habe oder aber, verhüte Gott, mit deiner Seite des Zauns."

„Wäre die Frage kraß, was mit uns ist?"

Sie kam auf mich zu und schlang die Arme um mich. „Kraß würde ich nicht sagen, eher hoffnungsvoll."

Wir küßten uns, und es ging mir durch Mark und Bein. „Wow", sagte ich, „du hast es in dir."

Sie streichelte meine Wange. „Du bist wieder blond, aber eigentlich gefielst du mir mit dunklem Haar besser."

„Lügnerin."

„Hm..." Ihr Lächeln verflog. „Jedenfalls lüge ich nicht, was meine Gefühle für dich betrifft. Aber mein Vater und die Hurdstone Foundation..."

„Ich verstehe."

Wir blickten uns lange an. Dann lächelte sie hinreißend. „Sollen wir uns irgendwann heimlich wiedersehen?"

„Abgemacht", sagte ich.

Claire McNab

Die Carol-Ashton-Krimis

Operation Pelikan
ISBN 3-88104-359-4

Tödliches Eisen
ISBN 3-88104-353-5

Unter Verdacht
ISBN 3-88104-349-7

Der Trick
ISBN 3-88104-332-2

Überfällig
ISBN 3-88104-321-7

Kettenbrief
ISBN 3-88104-309-8

Geheimer Kreis
ISBN 3-88104-290-3

Marquis läßt grüßen
ISBN 3-88104-277-6

Bodyguard
ISBN 3-88104-264-4

Das Ende vom Lied
ISBN 3-88104-242-3

Ausradiert
ISBN 3-88104-217-2

Tod in Australien
ISBN 3-88104-214-8

Die Denise Cleever-Thriller

Zum Abschuß frei
ISBN 3-88104-364-0

Mord undercover
ISBN3-88104-337-3

Mord inklusive
ISBN 3-88104-343-8

im Verlag Frauenoffensive

Offensive Krimis – eine Auswahl

Kate Calloway

Erster Eindruck

ISBN 3-88104-292-X

Zweite Geige

ISBN 3-88104-299-7

Dritter Grad

ISBN 3-88104-304-7

Vierter Anlauf

ISBN 3-88104-315-2

Fünftes Rad

ISBN 3-88104-322-5

Sechster Sinn

ISBN 3-88104-327-6

Siebter Himmel

ISBN 3-88104-338-1

Achter Tag

ISBN 3-88104-354-3

Bella Fall

Kein Sonnenaufgang in Afrika

ISBN 3-88104-348-9

Merrilee Moss

Fedora geht

ISBN 3-88104-342-X

Janet McClellan

Kansas City-Bomber

ISBN 3-88104-305-5

im Verlag Frauenoffensive

Offensive Krimis – eine Auswahl

Angelika Aliti

Die Sau ruft

ISBN 3-88104-297-0

Kein Bock auf Ziegen

ISBN 3-88104-310-1

Heißes Herz

ISBN 3-88104-333-0

Shirley Seul

Die Diva

ISBN 3-88104363-2

Kopflos

ISBN 3-88104-311-X

Schwamm drüber

ISBN 3-88104-336-5

Kim Engels

Späte Rache

ISBN 3-88104-316-0

Karen Saum

Mord ist relativ

ISBN 3-88104-209-1

Kitty Fitzgerald

Die Frau gegenüber

ISBN 3-88104-222-9

im Verlag Frauenoffensive